河出文庫

愛すること

出家する前のわたし
初期自選エッセイ

瀬戸内寂聴

河出書房新社

はじめに――巻頭書き下ろしエッセイ

ここにおさめたエッセイは、ほとんど私の得度前に書いた愛についての文章です。得度後の私も、求められるままに、愛についてのエッセイをたくさん書いてきました。出家前と出家後の私の愛についての考え方に大きな差が生じたとも思えません。愛は常に人間の生の背骨のようなもので、物心ついて死ぬまで、人間の生を支えているからです。

釈尊が悟りを開くため、苦悩し、長い苦行に身を挺されたのも、結局は愛についての人間の悩みの根源に目を向けられ、想いを凝らされたからです。

人間の苦悩の最も激しい耐え難いものは愛の悩みだと、釈尊は見極められたのでした。人間の煩悩は数限りもなくあります。その中で最も激しく、人間の抗し難い煩悩を、釈尊は「渇愛《かつあい》」と名づけられました。

渇愛とはエロスを伴った人間の愛欲です。いわゆる惚れたはれたの男女の愛の悩みです。

この渇愛は人間の心の中の無明という真っ暗な闇の中にあります。無明は迷いの棲家《すみか》と考えてもいいでしょう。だから無明をなくしさえすれば苦しみは消える。というのが、釈尊の教えでした。いいかえれば、無明をなくすことが仏教の悟りということです。

悟れない私たちは、生涯、死ぬまで、渇愛とつきあっていくしかありません。つきあわねばならないなら、上手なつきあい方をしたいものです。

まず渇愛とは何か、その正体をしっかり知ることでしょう。

渇愛とは文字通り、愛に渇いた姿です。もっと愛がほしい〳〵とあがき悶えている人間の心の闇です。

私たちは、対象を見、あるいは聞き、あるいは触ることによって、相手に対する好悪の感情を抱きます。好きになった場合、相手とつきあいたいと思い、相手を手に入れたいと思います。それが執着です。相手を手に入れるには肉体を手に入れることと、心を手に入れることと二つの方法があります。肉体だけなら、金銭で買うことも出来ましょう。けれども心は金銭や物品では確実には入手出来ません。

自分と同じ程度に、いや、自分よりは少しでも多く相手に愛されたいと願うのが人間の自然の気持でしょう。そこから愛の悲劇が生じます。

人間は自分の愛に必ず、自分と同等の、あるいは自分の与えた愛＋αの愛を相手に要求します。そしてそれが思うように返ってこない時、愛の不如意に苦しめられるのです。

相手を愛していると思うのは錯覚で、相手を愛している自分の心情を愛しているのです。本当に相手を愛しているなら相手の望む通り、すべてをかなえてあげることがいいのですが、相手が自分を欲してくれないと、腹をたてたり、悲観したりしてしまいます。困ったことに、相思相愛の愛の状態などはほんの一瞬あるかないかで、人間が二人いて愛しあった場合、必ずどちらかが余計愛の熱度は高く、一方は低いわけです。シーソーのように必ず上、下しています。

この時、愛の熱度の高い者ほど苦しみます。苦しみは執着からおこります。自分のものに他人の手は一切触らせたくないという思いは人間を排他的にします。一人の愛を独占したいためには全人類を敵に廻していいくらいの意気込みになります。そんな淋しい貧しい感情は本当の愛とは全く反対のものです。

そうとわかっていても、理性を伴わないのが感情で、愛は感情なのですから困ったものです。

愛されていないという思いは嫉妬を生みます。嫉妬心くらい辛い苦い感情はありません。毒素を発し、肉体まで腐らせてしまいます。困ったことに愛の感情が強ければ強いほど、嫉妬心も大きくなるということです。

仏教では、愛を渇愛の他に、もう一つの愛を考えます。それは「慈悲」と呼ばれる愛で、慈悲はあげっぱなしの愛です。渇愛のようにお返しを要求しません。

一方的に相手の態度がどうあろうと愛しぬく愛です。無償の愛と呼ばれるものです。人間にはなかなかそんな愛を需《もと》めることは出来ません。神とか、仏の愛がそれです。けれども人間の渇愛の中にも、愛が最高潮に燃焼した時は、人はお返しなどほしがっていないし、相手がそれを求めるならば死んでも悔いないという気持になることがあります。その瞬間は、愛によって、その人が神や仏の境地に高められているのです。その至福の一瞬を味わうか味わわないかで、その人の人生観は変ると思います。たとい、そんな崇高な愛の境地がまたたく間にすぎて消えてしまっても、やはり一生に一度でも一瞬でも、そんな愛を持つことが出来れば生きた甲斐があるというものでしょう。

愛されようとするから苦しいのです。

愛そうと積極的に心を持てば苦しみは少ないのです。多く愛することによって多く苦しむかもしれません。けれども愛の苦しみを多く味わった人ほど、人間のやさしさを持つことが出来ます。自分が苦しまないで、人の苦しみがわかるでしょうか。人の苦しみや不幸にやさしい気持を持てる時、それこそ、あなたに慈悲が宿った時です。渇愛の苦しみの果てに、慈悲の光りが輝くのです。

今の日本はむやみに物質文明ばかりが発達し、世界一経済大国になり、拝金主義の固まりになっています。金と名利しか人間の頭にはないように見えます。

けれども人間は、いくらお金があっても、いくら名誉や権力を手に入れても、愛がなければ決して幸福にはなれません。

世界一福祉がゆきとどいているスウェーデンで老人の自殺が多いのも、それを示しています。どんな結構な設備の老人ホームに入れられて完全な介護を受けても、老人は決して幸せになれないのです。家族の愛につつまれてこそ老人の顔に笑顔が浮びます。

私たちは男女のエロスを伴った渇愛の苦しみを恐れず、この世で出来るだけ多く、深く愛しましょう。

そして渇愛から慈悲へ、心を高め、広げていきましょう。

他人の不幸や他人の傷みを自分の不幸とし、傷みと感じられる愛を持つ人間に近づきたいものです。

それが生きるということではないでしょうか。

瀬戸内寂聴

愛すること　出家する前のわたし　初期自選エッセイ　＊　目次

愛すること

出家する前のわたし　初期自選エッセイ

I

結婚すべきか

さわやかな同棲宣言——平塚らいてうの場合

今からおよそ六十年昔、一九一四年（大正三年）に、平塚らいてうは「青鞜」第四巻第二号誌上で、「独立するに就いて両親に」という一文を発表している。「青鞜」の主幹として、また「新しい女」のリーダーとして当時のジャーナリズムから注目されていたらいてうが、三歳年下の画家の卵、奥村博史と同棲にふみきった時、両親に対して書かれた公開状であった。

「（略）ところがその人達の中でより多く私の心を牽き、私の心を動かしたのは、静かな、内気なHでした。私は五分の子供と、三分の女と二分の男を有つてゐるHがだんだんたまらなく可愛いものになつて参りました。そして姉や母の接吻はいつか恋人のそれらしく変つて行きました。又HはHで最初は私を怖いもののやうにおづおづとしてゐましたが、此頃ではずつと私に親んで、恋人らしい振舞を見せて参りました。

（略）ふたりの愛はもう一日逢はないと何となく不安で落付いて自分達の仕事も出来な

い位になつて居ります。殊に彼にとつては総てがはじめての経験である丈尚更さうなのでございます。（略）私の体質や性格に基く根本生活に於て恋愛の肯定はいろんな意味で可成に矛盾や不安を伴ひますけれど、私はその矛盾や不安の中で、それらに打勝ち、それを踏みこたへながら、ふたりの中にひとたび芽ぐんだ愛を枯さないやうに出来るだけ育てて行かう、どんな風な経路をとつて、どんなに発展して、どんな処へ私を運んで行くものか、そして今後どんな未知世界が私の前に開展し、私の思想なり、生活なりがどんなに変化して行くものか、一つ行き着く処まで行つて見ようと心を極めました。

Hはいろんな気兼ねからそれとはつきりは申しませんが、若い、生一本な心で同棲したいといふ強い要求を有つて居ります。（略）やつてみた上でもし結果が面白くなければそれから別居の方法をとることにしてもいいと思ひましたので。尤もこれには色々経済上の都合も手伝つたのです。（といふのはHは只今の処全然独力で生活して行く丈の方法がまだ立つて居りませんのに、国からは家の事情で、送金が絶えて居りますので、今可成り苦しい状態にあります。といつて私ひとりでふたりが別々に暮して行く丈の費用を得ることは今の場合、少し荷重に過ぎるのです。）

それで巣鴨の社から一二丁の処に極、閑静な植木屋の離れ二階を昨日ふたりで見付けて借りることに極めて参りました。（略）今の私には何としてもそれを実行するより外仕方ないのでございます。実行した上で万一それが間違ひであつて、非常な失敗や、不幸を見る場合がありましても総ての責任は自分にあることをよく承知して居りますから、決して御両親に御迷惑をかけるやうなことや、人を恨むやうなことはいたしません。

（略）

それから申し忘れましたが、昨日お母さんから結婚もしないで、若い男と同じ家に住むといふのはをかしい、子供でも出来た場合にはどうするかといふやうな御話もございましたが、私は現行の結婚制度に不満足な以上、そんな制度に従ひ、そんな法律によつて是認して貰ふやうな結婚はしたくないのです。私は夫だの妻だのといふ名だけでもたまらない程の反感を有つて居ります。それに恋愛のない男女が同棲してゐるのならをかしいかも知れませんけれど、だから其場合にこそ他から認めて貰はねばならぬ必要があるかも知れませんけれど、恋愛のある男女が、一つ家に住むといふことほど当前のことはなく、ふたりの間にさへ極められてあれば形式的な結婚などはどうでもかまふまいと思ひます。ましてその結婚が女にとつて極めて不利な権利義務の規定である以上尚更です。それのみか今日の社会に行はれる因習道徳は夫の親を自分の親として、不自然な義務や犠牲を当前のこととして強ひるなどいろんな不条理な束縛を加へるやうな不都合なことも沢山あるのですから、私は自ら好んでそんな境地に身を置くやうなことはいたしたくありません。Hもこんな道理はよく理解してくれて居ますから結婚などを望んでは居りません。なほ又私共は理屈の上からでなく只趣味としてもそんなことはいやなのです。私はHが自分の夫だなどといふやうなことはあまりに興ざめたことで考へるのも好みませんから。Hも亦往来などふたりで歩いてゐる時、旦那様、奥様などと呼ばれるのを大変いやがつて居ります。そしていつまでも姉さんに弟がい、といつて居ります。

それから子供のことですが、私共は今の場合（先へ行つてどうなるものかそれは今の私にはまだ分りません）子供を造らうとは思つて居りません。自己を重んじ、自己の仕事に生きてゐるものはさう無暗に子供を産むものではないといふことも御承知頂きたいと思ひます。実際のところ私には今のところ子供が欲しいとか、母になりたいとかいふやうな欲望は殆どありませんし、Hはまだ独立もしてゐませんから世間一般の考から云つても子供を造る資格がありません。又、出来た処でふたりの今の生活ではそれを養育して行く丈の経済上の余裕も精神上の余裕もないのですから、造らない考へです。どうぞ其辺の御心配も御捨て下さることを御願ひいたします。尤もお母さんの仰有るやうな意味で形式的に結婚しない男女の間に子供の出来るといふことは只不都合なことである、恥づべきことであるといふやうな考を有つものでないこと丈は申添へておきます。（略）」

六十年前に書かれたこの結婚宣言ならぬ同棲宣言を、今、読んでみると、その時代を超えた新しさと、旧《ふる》さを同時に感じさせられて面白い。

一九七二年の現在、今なお、見合結婚が毎日数限りもなく行われ（それも大学教育を受けて、社会で一人前に働いている男女の中に最も多く）、親類知人を数多《あまた》呼び集め、デコレーションケーキに新夫婦がナイフを入れ、招待客はこぞって、新郎新婦をたたえた祝辞を贈るという形通りの結婚披露宴に、莫大な金を費やしていることを見れば、六十年前のらいてうの同棲宣言は、何と爽やかで自主性にみちていることか。

何よりもこの宣言のユニークなことは、らいてうが博史を頼りになる異性として選びとったのではなく、母か姉のような愛情で可愛がり保護者的愛をそそいでいた男を愛し、一日も離れていられなくなり同棲にふみきったという点であろう。五分の子供と三分の女と二分の男を持った博史を堂々と天下に公表するらいてうは、自分の対象に、対等よりむしろ優越者の立場から視点を採っていると思われる。

女は男に依存するもの、か弱い者、保護されいたわられるもの、従属するものというそれまでの社会通念に、真向から、らいてうは挑戦している。わずか三つの年齢差がいわせる自信ではなく、らいてうのそれまで培ってきた思想と観念がいわせる自信であろう。

「新しい女は『昨日』を呪つてゐる。新しい女は最早虐げられたる旧い女の道を黙々として、はた唯々として歩むに堪へない。新しい女は男の利己心の為めに無知にされ、奴隷にされ、肉塊にされた旧い女の生活に満足しない。新しい女は男の便宜のために造られた旧き道徳、法律を破壊しようと願つてゐる。」

と書いたらいてうの自信が選んだ同棲であった。この当時の自覚した若い女たちは、因習の壁に八方からとり囲まれ、自由にはばたこうとする翼を折られていた。「青鞜」には全国から、因習的な結婚生活から逃れ、あるいは親のとり決めた許婚者をふり捨てて集まった女たちが多かった。結婚しないで何児かの母となり、自活して子供を育てている女たちもいた。

現在、女性週刊誌や婦人雑誌が、初夏と秋に大々的な結婚特集を組み、それがまた大いに売れるという現象を見たら、「青鞜」にはせ参じた彼女たちは何といって嘆くだろうか。

らいてうは、こんな勇敢な宣言をして博史との同棲にふみきったが、結果的にみて、博史との生活に足をすくわれ、「青鞜」から脱落していく。子供はほしくないといったらいてうが、妊娠してしまうと、その子を産みたいと思い、エレン・ケイの思想に殉じて、母性としての女性の特質を強調するようになり、「青鞜」は若い伊藤野枝にゆずり、ひたすら博史と子供との個人的な家庭の幸福の中に閉じこもってしまう。さすがにらいてうは生れた子は自分の籍にいれて届け、終戦後まで、自分も子供も博史の籍にはいれていない。しかし、博史の絵を、知人や「青鞜」同人に売り歩いたり、博史のつくる工芸品を同様にして、自分の顔をきかせて売りさばいたりして、内助の妻的な奉仕は多分にしているのである。博史と事実上の結婚をし、「青鞜」を離れて以来のらいてうは、必ずしもその才能を可能性の極限まで押し拡げた生活を送ったとは見えないのである。

六十年後の現在、因習的な旧態依然の結婚と並行して、結婚したくないという女性が次第に増え、自活し、男を頼らず、しかし生命の拡充を希《ねが》う女の根源的な欲望はとげたく、未婚の母となろうとする女や人工受精を望む女たちも増えてきている。やがて未来の社会では、経済力のある女は、優秀な試験管子種を買いつけにいく日が訪れるかもしれない。

そんな時、らいてうのいうエレン・ケイ的思想、女の母性的特性の尊重という考え方は、宙に迷い、空中分解してしまうのではないか。

同じ「青鞜」の同人でも、最も年少者だった伊藤野枝は、らいてうよりはるかに、激しい男女の経験を味わっている。

九州の北端の田舎町で親の決めた結婚式に出た野枝は、アメリカへゆけるという希望だけで、その男に嫁いだのに、一向に行きそうもないとわかると、夫を捨てて婚家を逃げだし、上京して「青鞜」に身を投じていった。東京でダダイスト辻潤とめぐりあい、二人の子供を産みながら、そこで宿命的な大杉栄とめぐりあい、子供を残して大杉の許に走っている。大杉には堀保子という妻があり、神近市子という愛人がいたが、野枝は二人にうち勝って、大杉を専有し、結婚して子供を毎年のように続々と産んでいる。野枝は辻潤との結婚によって、思想的にも学問的にも啓発させられ、育てられ、子供まで産み女として成熟させられながら、辻潤より更に強烈な生命力を持つ大杉栄と出逢い、自分の生涯と有縁の者だと直感すると、辻潤の愛も子供もふり捨てて、大杉の懐にとびこんでいった。

世間はもちろん、らいてうからさえ、野枝のその恋と行動は非難されたが、野枝はひるまなかった。自分をとり囲む因習の壁を打ち破るためには、自分で壁に生身をうちつけ、血みどろになって爪をはがし、肉を裂かなければならないことを知っていたのだ。フリーラブを称え、法律に認められる結婚制度など信じない大杉は、当然、野枝を入籍したりはしなかったが、あれほど天下に称えていたフリーラブの実践は、野枝を得て、ぱったりと実質的一夫一婦制《モノガミー》となって、生活は定着していった。野枝は辻潤によって地ならしされ、耕された知識の畠の中に、大杉から奪いとり与えられる知識と思想の種をふんだんにまきちらし、それを成長させ実らせていった。

関東大震災後のどさくさにまぎれ捕えられ、二十八歳で大杉栄と共に憲兵隊に扼殺されるまでに、野枝は七人の子を産み、書き、大杉を扶《たす》け、大杉の思想の実践に協力し、内助の功も勤めている。

野枝が自分の思想の源泉として、エマ・ゴールドマンを選んだのが、らいてうのエレン・ケイと対照的で、ふたりの生き方、結婚観の差にもなっている。エマ・ゴールドマンの思想は、恋愛と結婚とは全く別のものだという考え方で、彼女自身は自由恋愛で結婚して失敗している。

野枝の書いたものを見ても、大杉を世間のマイホーム的亭主として観ているのではなく、いつ自分の前から連れ去られ居なくなるかわからない同志として観じている。らいてうの、ただ一度の結婚を守りぬいた八十歳を超える生涯も、美しいが、私は野枝の三度結婚した二十八年の生涯の方に、はるかに魅力を感じる。

女は結婚はしなければならないものという考え方は、すでに野枝の口癖のコンベンショナル（因習的）な壁であり、また結婚は一度して、ただ一人の男と生涯暮し、その男の子供を産み、その男の死を看とり、自分もややおくれて、子供や孫に看とられて死んでいくのを、女の幸福の典型とみる考え方もまた、すでに因習の垢にまみれていると思う。

私は、田村俊子を、岡本かの子を、管野須賀子を、金子文子を書いたが、彼女たちは因習的な結婚の枠からは全部はみ出していた。自分の生命を昂揚させてくれ、自分の才能の可能性を拡充させるのに肥料になってくれないような男とは、共に住もうと思っていなかったし、一人の男から吸いつくすだけのものを吸いとった後は、いさぎよく、次の男に移っている。

岡本かの子のように、死ぬまで一平という夫と暮した場合もあるが、その家庭はかの子の恋人を一人ならず同居させていた。

管野須賀子は内縁とはいいながら、夫と認められていた荒畑寒村が入獄中、彼の先輩の幸徳秋水と結ばれ、秋水の妻を離縁させている。もちろん、彼女たちは当時の社会の常識からは極端に非難され、道徳的に弾劾された。

金子文子は、大正十年頃、人種的偏見と差別にみちていたその当時、朝鮮人の革命家朴烈と結婚している。その結婚は男に求婚させたのではなく、自分から求婚したものだった。そしてわずか二十三歳の生涯を朴烈と共に刑死されることを望んで大逆罪として罰せられ、獄中に自殺している。朴烈との結婚といっても、もちろん式をあげたり入籍したりという形式は一切なかった。しかしかねての遺言で、文子の墓は朴烈の故郷の朝鮮の山奥につくられている。

私はこういう結婚なら、女の生涯においてした方がいいと思う。

主婦たちが考えていること

男と女の出逢いは予定出来ないし、全く神秘的な偶然である。すべての不測の偶然の出逢いは、しかし決して卒爾ではないのだ。出逢いをどう摑みとり、自分の運命の方向をその出逢いを軸としてどう切りかえていくかは、偏《ひと》えに私たちの男を見る直感力と判断にゆだねられている。直感は生れつき動物的に鋭い者もあれば、鈍い者もある。判断も、経験をつまないと、正確は期し難い。若い娘はだから自分で結婚の相手を選ばず経験豊かな大人にまかせ、そのいいなりになればまちがいないというのが、因習と常識の繰りかえし囁く忠告である。

たいていの素直でおとなしいといわれる娘たちは、大人たちのこの忠告に従い、選んでもらい、見合し、結婚していった。

そして営まれる家庭生活で、愛が湧いたと信じ、マイホームの巣づくりに熱中し、自分の夫と自分の子供と、自分の家だけしか眼中になく、自分の城を築き守ることを女の誇りにみちた生き方と信じこむ。

妻と夫はいつのまにか兄妹のように口のきき方や表情や、味覚や、字まで似通ってくる。セックスは習慣的になり、暮しに苦労はなく、平穏はぬるま湯のようにぴったりと家そのものを包みこんでくる。

倦怠は苔のようにはえ、夫は浮気をしてみて、それをかくそうとする緊張度も薄れ、あっけなく妻に発見される。すったもんだの一騒ぎはあっても、もともと夫は、住み馴らした家庭を壊すほどの情熱などあるわけではなく、妻は妻で、これまで住み馴らしきった自分の城をあけ渡す気など毛頭なく、離婚などはしようとしない。結婚生活に馴れた妻にとっては夫も子供も、家庭という名の城のなくてはならない備品なのだ。

夫は二度めの浮気はもっと手際よくやろうと思い、妻の方でも自分からだまされ上手になっていく。だまされず、苦痛を真向から受けるのは、生活技術が下手なのだと思いこもうとする。

見て見ないふりをしていれば、苦痛の感覚はなく、だらだらと時間はなしくずしで死へ向かっていくからだ。

隣りの子供が赤軍派に入ろうが、どこかで鉄砲をぶっ放し捕えられようが、自分の子供でなくてああよかった。向かいの亭主が、ポックリ病で死のうが、交通事故で片輪になろうが、うちの主人でなくてああよかった。火事は三間向こうまでならあった方が面白い。どこの国に内乱がおころうが、爆撃がつづいて非戦闘員が殺されていようが、うちの夫や息子は戦争にいかないんだから結構だ。そんな考えに神経を鈍麻させつくしていくのが、いわゆるマイホーム主義の家庭の幸福のもたらす妻の精神状況である。

私が大げさに表現しているといわれるだろうか。

先頃、テレビのモーニングショーに集まった主婦たちは、赤軍派のリンチ事件の後で、ああいうことをしでかした若者たちは、みんな殺しちゃえばいいと、口を揃えて叫んでいた。いいや、ただ殺すだけではあきたらない。うんとひどいめにあわせて苦しめた上で殺せばいいという主婦もいた。口々に殺してしまえとわめく主婦たちの顔を見ていたら、彼女等が必死に守っているマイホームというものの空疎さが、その化粧し、頭をセットした顔に重なってきて、やりきれなくなった。その主婦たちに、今朝、朝食の支度をしてきた人は何人いるかと訊いてみたら、ほとんどゼロだったのだ。

それからまた、彼女たちに、何のために生きているか、誰のために生活しているのかと訊いてみたら、主人のためというのが四十五パーセント、子供のためというのが四十五パーセント、自分のためというのが、わずか六パーセント、あとはわからないという答えがでた。

彼女たちはまたの日、高校を卒業して、普通に会社勤めし、なしくずしに青春を失う生き方に疑問を持ち、就職した会社を辞め、仲のいい男と女の友だちどうし二人で、リヤカーをひいて徒歩で日本縦断を試みている若者の生活のフィルムを見て、他人の子だからどうでもいいけど、自分の娘や息子なら、こんな非常識でアウトロウ的な行動は絶対困るという発言をした。すべての発想が、そういう自分の家さえよければ主義から湧いてくる。

子供を名門校にいれるため、幼稚園から選び、試験を受けさせる。大学入学率のいい高校へなら、どんな遠い土地のところへでも転住させ受験させる。少女の時からピアノを習わせバレエに通わせ、娘はお茶やお華のお稽古事をさせる。一昔前、花嫁修業と呼ばれた稽古事は今もって跡を絶たず、華道教室も、料理学校も洋裁学校も満員の盛況である。しかしそこで本気になって技術を身につけ、その道で生活出来る職業婦人になろうとする者は案外に少ない。

娘たちは大学もまた嫁入支度のひとつであり、大学を出て就職することは、男探しに他ならない。その証拠に、男さえみつかれば何のためらいもなしにさっさと職場を去っていく。女優や、テレビのタレントたちでさえ、「結婚と仕事は両立しない。私は不器用だから、愛と家庭しか守れない」といって、惜しげもなく仕事を結婚にみかえってしまう。そういうことばをはく女を、世間はまた、女らしい女、ドメスチックな女として称讃する。

「女らしさ」、「家庭的」ということばほど、男が女に期待し、要求するものをあらわにしたものはない。女は男の気にいられたいため、あらゆる時代を通して、いつでも「女らしさ」と「家庭的」に無関心ではいられなかった。どの婦人雑誌でも、繰りかえし、「女らしさ」と「家庭的」についての特集をし、そのあげくは「結婚」の特集をする。

結婚し、夫に気にいられたいために「女らしく」なり「家庭的」になろうとして、女が自分の個性も才能も磨くことをせず、規格化された「女らしさ」と「家庭的」を身につけて結婚生活に入っていくのだ。

結婚してみて、たいていの女は、多かれ少なかれ、夫に失望する。思い描いていた理想の男性とはおよそ似ていない現実の夫にがまんすることに馴れる頃、子供たちが次々に生れているだろう。

あらゆる家庭というものは、家の外見の大小や、建築様式の多種多様にかかわらず、中身は缶詰の内容のように画一的である。というより画一的でなければ、家庭というものは継続していけない性質を持っているといっていい。独創的であったり、個性的であったり、破壊的であったりしては、家庭というイメージからはみだしてしまう。夫も妻も、子供も、家庭の一員として構成されている以上、画一的でなければならない。特に妻は最も画一性を要求される。エヴリーヌ・スュルロは「未来の女性」の中で、

「女性が男性の支配に全く服従している間は、久しくきびしい画一主義が女性に対してとられてきた。女性たち全部に共通する、いわば一種の法規、法律のようなものが存在し、女性たちはそれに服従しなければならず、その結果、女性全体に通ずる画一性があるかのような印象を与えた。女に生れることは、誕生するとすぐこうした画一性を身につけることにほかならない」

といいきっている。

しかし、多くの主婦たちは、自分が画一化されていることにすら気づかない。流行の髪型をし、同じ色の白粉や口紅をつけ、ＴＰＯという常識の許に人の神経を苛だてない服装をすることが、どんなに非個性的な画一的な人間に自分をしたてているかには気づかない。

資本主義社会の消費経済政策の許に、主婦たちの果てしもない家事労働は、日一日と電化され、技術進歩のおかげで、家事仕事は半世紀前には信じられなかったほどの短時間で片づけてしまえるようになった。これからはもっともっと、家事時間は短縮されるだろう。そして得た主婦の余暇の時間を、彼女たちはどうやってすごしているだろうか。生れた時から画一性に向かって生きてきた彼女たちは、余暇の使い方もまた、画一的にしか思い浮べられない。テレビ、デパートめぐり、美容院通い、訪問、観劇、PTA活動、そのどれをとっても、隣りの主婦や向かいの主婦と、全く同じことをしていなければ落ちつかない。女は群を離れるのが怖いのだ。それ以上に自分自身をみつめることが恐しい。自分の外見は日に何度か数えきれないくらい鏡に写してみる女も、自分の心の中を鏡をみるくらい熱心に覗きみることは、めったにしない。

結婚生活のむなしさ

ある時、私は北九州の大都会に講演に出かけた。割合少人数のまとまりのいい集会で、講演というよりは話し合いといった方がふさわしい会だったが、私が岡本かの子のめざましい結婚生活と稀有な形の夫婦愛について話し終った時、一人の五十代くらいの婦人が立ち上がって、低いおずおずした声で質問してきた。趣味のいい結城の袷に琉球紅型の羽織を重ね、指に大粒の翡翠の指輪をした見るからに裕福らしいその人は、若い時はさぞ美しい人だったろうと偲ばせる俤《おもかげ》をしていた。彼女は思わず手をあげ、その場に立ってしまったことを、立った瞬間から後悔しているように、おどおどして、赤くなったが、やがて、低い声で、訊くというより、自分自身に問うようなひとりごとめいた口調で語りはじめた。

「私、結婚して三十二年になります。主人も、息子たち三人も元気でまあ申し分ない生活をしていると思われます。子供たちも大学を出て、一人は結婚して孫も二人あります。中の息子はずっと外国にいっています。末の子も大学を出て就職しました。もう私は今、家事や育児のすべてから解放されて何をしてもいい身分になりました。そして気がついたことは、むなしいというだけなんです。私はいったい、これからどうやって生きていけばいいんでしょう。夫も子供たちも、もう私を是非とも必要としていません。私は、ただむなしいだけなんです。結婚以来、私は一生懸命、夫と子供のためにだけつくして生きてきたつもりです。いろいろありましたが、いつでも、夫と子供のためを思って自分を押えてきました。それで家庭が円満にいけばいいと思っていたのです。夫は男として、まあ人並の、年には充分の仕事をして、社会的にも認められています。子供も、何の心配もかけません。嫁もやさしいし、孫も可愛い。それでいて、私は、とても、淋しいんです。私はこれでいいのでしょうか。私はこれから死ぬまで、何のために、どうやって生きればいいのでしょうか。こんなむなしさを感じる私はまちがっているのでしょうか。人間はこれでいいのでしょうか。どうか教えて下さい」

はじめはとつとつと語っていた声は次第になめらかになり、想いが口をほとばしるという感じであふれだしてきて、最後は迫力を持って私たちの胸をうった。

その婦人のこれまでの生涯が、いわゆる良妻賢母の典型のようだったことは彼女の風貌や話し方から見て充分に察しられる。

他から見て、その婦人はおだやかな老境に向かっている世にも幸福な人妻と羨まれる立場にあるのだろう。しかも尚、この告白の真実にあふれた孤独感と心細さ。

私たちは婦人が話し終り、放心したようにしばらくそこに立ったまま坐ることも忘れているのを見てことばもなかった。誰がこの人の孤独を慰め、生きる指針を与えることが出来るだろうか。

私はその時ほど、結婚生活のむなしさを感じたことはなかった。制度に守られ、法律に守られ、習慣に守られた一見、堅固に見える結婚も、その制度によって築かれている家庭という名の城も、結局は女一人の初老を迎える不安と淋しさと、存在の頼りなさを救うことは出来ないのだろうか。

おそらく、この人は、自分の家を隅から隅まで磨きあげただろう。生涯に、何度か家を移ったかしれないが、今の最後の城に落ちついてからは、庭の草にも塀の石にも心を配りつづけたことだろう。箸置ひとつ、楊子入れひとつにも、彼女の好みで統一され、洗練された趣味のいい品が選びぬかれているだろう。上品なカーテン、刺繡のあるクッション、磨きあげられた鍋や食器。それらのどの品をとっても三十年を超す彼女の結婚生活の歴史がしみこんでいないものはないだろう。家事や育児という際限ない日常リアリズムの中に埋没して暮しながら、素直で善良なこの主婦は、息つくひまもなく歳月を見送り、今はじめて、ほっと立ちどまった時、自分の背後に白くひろがっている日常性の習慣のむなしさにうたれて茫然としている。

おそらく、この主婦がある夜、夫と枕を並べていて、こみあげてくる孤独感と、不安と、むなしさに重いため息をはき、目尻に涙を流しても、夫は全く気がつかず、よしんば気がついても、単なる疲れととって、マッサージにでもかかったら？　というくらいの同情しかよせないだろう。

夫婦の間には、日常リアリズムの会話は残されていても、抽象的な議論や、討論をする習慣は持たれていないのだ。

万一、この主婦が思いあまって、今突然告白の衝動にかられたようなことを口にするなら、夫は愕《おどろ》いていうだろう。

「どうしたっていうんだい、もう六十近くにもなって。淋しいとか、むなしいとかっていうのは十代の女の子や二十代の文学少女がいうことじゃないか。何が不足なんだこの生活が。ぼくは今は全く女の問題できみを苦しめるようなことはしていないし、経済的には充分のことをしているし……わからないねえ、もう更年期障害の時は終ってるんだろう。老人性ノイローゼっていうのが早く来る例もあるのかねえ」

妻は、夫のことばに一々うなずきながら、やはり、自分はまちがっていたのかと、心弱くなる。誰ももう自分を必要としていなくなっていることが切実に淋しいと訴えたところで、夫はわかってくれないだろう。

人間は愛しあっても淋しい。共に暮しても淋しい。だから互いに男と女は軀をよせあい、あたためあうのであり、共に夜を抱きあって淋しさをなぐさめあいたいと希うのであろう。しかし、そこに制度の取り決めた契約が伴う時、愛の純粋は既に失われ、義務と報酬がついてくる。

人間の愛が不確かで、移ろい易く、裏切り易いものであることを人間は知っているからこそ、結婚という名の鎖で愛を縛りつけ、さまざまな契約でそれをつなぎとめようとする。人と人との契約のむなしさをも、自覚しているからこそ、二人の契約では不安心で、そこに神の参加と証認を需《もと》めて、契約をより確実なものにしようと計る。更に多くの人を招待して結婚を披露し、彼等を証人にして結婚生活を見張ってもらおうとする。

しかし、それでも人間の心は移り、情熱は必ず滅び、愛は飽き、消える。

一夫一婦の不自然さを、人は誰でも自覚していながら、それを公然といい放つことを今でもはばかる何かがある。半世紀前に比べたらよほど女は性的に解放されたとはいえ、やはり世間の習慣の目は夫の浮気や姦通はほとんど公然と認め、あるいは一世紀前のままに、男の能力の証しとさえしながら、女の姦通は現在でさえ、まだ非難の話題としてとりあげられる。ふしだらな男よりも、不身持な女の方に、はるかに世間の風当たりは強い。

ボーヴォワールが二十三年前、指に結婚指輪をはめた無知無能な女の方が、結婚指輪のない有能で知的な女よりもはるかに世間では尊敬されると『第二の性』の中に書いているが、現在でもこの通りである。自活していけるけなげな労働婦人よりも、家で夫に養われ、余暇をテレビと買物に費やしている女の方が、世間では持ちあげられる。二十五歳になって結婚しなければ、売れ残ると騒がれ、二十八歳になって結婚しなければ、売れ残りとみられ、三十三歳になって結婚しなければ、レズビアンではないかと好奇の目でみられ、三十八歳で結婚しなければ、軀に欠陥があるのではないかと噂される。

そしてそれはほとんど、二十年前も今も変らないのである。売れ残るという語にいみじくもいいあらわされているように、女は結婚する時、買われる商品であり、買手に選ばれる品であった。買主の気にいられなければ、手も触れてもらえず、よしんば買われたところで、その持物にかわる更によい品が見つかれば捨ててしまわれる可能性が多い。少なくとも今では選ばれることを拒否する若い娘があらわれるようになったが、相変らず恋愛はしても結婚は見合でという不思議な現象は跡を絶たない。

売物に花咲かせ式で、嫁入り前のあらゆる化粧、あらゆる稽古事はすべて売物がよりよく見られるための包装にすぎない。

他の売物がそう彩るから彩るのであり、その飾りの方が売れ行きがいいからつけるのであって、そこにはさして自分自身の内的欲求は認められない。

そのくせ、一度買われてしまったら、もう目的は果たしたといわんばかりに妻の座にあぐらをかいてしまって、自分を磨くことはなおざりにしてしまう。あれほど神の前で誓い（信仰もないくせに）、あれほど多勢の人に披露したのだから、まさか、そうやすやすとは別れられまいと考える、あとは子供というかすがいさえ生んでおけば磐石だと思う。そして事実、この子供が、その後におこる夫の変心をひきとめる強力な脅迫材料に変り得ることも多いのである。

夫にとって、女ではなくなった妻でも、子供にとっては母であり、家庭にとっては主婦である。結婚とは女が、天性の個性を失い、女を失い、母と主婦になるものだろうか。

内面を見つめる娘たち

世間の目とか、他人の批評を気にしない娘たちがあらわれてきたといっても不思議はない。

彼女たちは六十年前の「青鞜」の女たちのように、自分に忠実で、自分の才能の可能性を見極めたいという強い欲求にかられている。倦《う》みつかれ、何のうるおいもない、両親の結婚生活を見ていて、そういう夫婦になるため、結婚しなければならないことに不審を抱く。

恋人が出来ても、彼女には自分のしたい仕事があり、恋人といっしょに暮しては、自分の仕事に熱中する時間が奪われると思うと、仕事の合間に恋人との時間を持ち、その間だけ完全に生命を燃焼させつくせば、いいと考える。

あるいはまた、恋人と少しでも長い時間を共にすごし、夜は彼と共に送り、共に朝を迎えたいという気持が嵩じてくると、それを実現するため、親の家を出て、恋人と部屋を持つ。しかしそれを、信じてもいない神や仏に証人になってもらって契約をしたりしようとは思わない。もちろんそれを知人を集めて披露するなんてみっともなくて無駄なことはする気はない。どっちかの愛がさめたら、二人は別れることになるだろうという予感は持っているのだ。どっちが早く愛がさめるかは、当人どうしにだってわかりはしない。愛の強い方が先に裏切るという言葉さえあるくらいだ。

しかし、愛しあい、共にいたいと思ってすごした二人だけの記憶の時間は、たとい別れた後でもお互いの胸の底にきらめいて砂金のように沈んでいることだろう。

子供はほしいとはかぎらない。犬や猫が好きな人間がいても、一方にどうしても好きになれない人間がいるように、子供だって、好きな女と大して好きでない女がいても不思議ではない。ただ女と生れたからには、男には経験出来ない妊娠、出産というドラマティックな経験を自分でもしてみたいと思う欲望はあるのが当然だろう。

その場合、子供の父親に経済的負担をかけるのは当然だろうか。

男でしょう。父親でしょう。子供を養育する義務があるでしょう。女は子供を身籠ると、とたんに強くなって男にそう要求するが、そう父親の責任と義務を強要されてくると、半世紀前とは比べものにならないくらいに男の能力が低下し、暮し難くなっている世の中では、男たちは子供ノイローゼにかかり、妊娠させることを極度に恐れるようになり、ひいてはその圧迫感から不能が増えてくるかもしれない。

世俗的な結婚をナンセンスと思う娘たちは、愛する男の子供を産んでみたいと思う時、ためらわず妊娠するだろう。その前に、自分と子供の口を養う経済的自立をはかることにまず心がけている筈だ。男が養育費の半分は受け持てるといえば、最高である。男の責任とか女の責任とかいうことはないのだ。自分が産みたいから産むのであり、男のために男がほしがるから産むのであって、セックスはしても産まない自由だってあると考えているからである。未婚の母という流行語も、彼女たちの耳には素通りしていく。

イギリスのマーガレット・ドラブルは、「碾臼《ひきうす》」という小説で、かりそめの情事とも呼べないような結びつきで事故のように妊娠してしまった知的な女子学生が、子供の父親に妊娠をつげず、家族にも打ちあけず、自分の決断と責任で、赤ん坊を産み、育てていく過程を描いている。

ロザマンドというヒロインは、決してウーマンリブを唱える女でもなく、女権拡張とか、男女同権とわめく女でもない。哲学を志す、チャーミングで、男友だちに持てるウィットに富む女の子だが、妊娠という事実を通して、自分のそれまで知らなかった母親としての能力を経験してみようとする。

彼女は親の借家にひとり住んでいて、経済的には恵まれていたが、自分で自活する能力も具えていた。

「(略) わたしが自活出来る。それも生涯自活出来る能力をそなえていたということ、しかも職業が病院のベッドの上でもできる、まずさしつかえない、ということである。それに、具体的な能力一つ一つになれば謙虚なわたしだけれども、どうやら自分の才能に不動の自信を持っていたということだ。私生児が一人くらいいようが、これっぽっちでも自分の出世のじゃまになることなど考えもしなかったのである。わたしは、万一自分か他人かの勝負ということになったら、自分のほうがあきらかにすぐれた知性を持っている以上ぜったいに勝つ、というつよさを、生まれながらにそなえていたのだ……」（小野寺健訳）

彼女が妊娠中に書きあげた博士論文はパスし、出版され、経済力はいやましてくる。彼女は生れた子供をやはりその子の父親には知らせなかった。偶然逢わせた時も、それをかくしていた。

彼女にとっては、子供は産んでみたかったが、夫は必要ではなかったのだ。経済的にも精神的にも。こういう女は、半世紀前にはほとんど気違い扱いされるか、ふしだら女の烙印を押されただろう。しかし、今ではだまってこういう父なし子を産み、誇りを持って育て、子供にも誇りを持たせようとする若い未婚の母親は増えてきているのである。今後もそれは増えていくだろう。

もっと未来には、子供の性別を産みわけられる時代も、子供の父親として遺伝学的にいい精子を分け与えてもらう時代も到来しそうに思う。試験管ベイビィはもう生れているし、生後満二歳にならない幼時から子供を託児所にあずけて働いている母親だっていくらでも増えている。

スキンシップがどうの、鍵っ子はどうのと、必ず婦人雑誌や新聞の家庭欄には反対意見があらわれる。

しかし同じ問題のおこる社会で、両親揃った中産階級のいわゆる幸福の典型のような家庭から、非行少年はいくらでも出ているのである。

母性が神聖で神秘なものという定義も、男にとって都合のいい女につけた鎖のひとつであるようだ。母性や母体についての新しい観方をのべると必ず、誰よりも主婦たちから猛烈な反撃を買う。しかし、聡明な、自分の内部をみつめることを恐れない勇気のある娘たちは、自分たちを、生んでくれ、育ててくれた母親になつかしみと愛は生涯抱きつづけても、母親との精神的乳離れは、母親が想像している以上に早い時期だったことを識っている。母になるために、子供を産むために、結婚した、あるいはさせられた結婚の習慣を、彼女たちはさりげなく斥《しりぞ》ける。大声でリブだと叫んだり、男女同権だとわめいたりしないで、ひっそりと、好きな男と住み、だまって子供を産み、自分の子として入籍し、育てていく。

神前で誓ったり、人を集めて認めてもらったり、激励してもらったり祝福してもらったりしようとはしないのだ。

愛しあった男がいつか別れていく日もあるかもしれない。しかし、自分の方が、先にその愛に倦み、離れていくかもしれない。

「結婚というものが一つのさわやかな真面目な休息と思えて来る時まで結婚を待とうではないか」

というのはレオン・ブルムの説だが、どんな娘だって、四十をすぎてさわやかで真面目な結婚を選ぶ時まで、ひとりで暮すのは無意味と思うだろう。

いわゆる茶のみ友だちの結婚ということばがあったが、それなら、老いた友人どうしの共同生活で、結婚という名にはふさわしくない。

今の社会では経済が発展し、科学が進み、生活技術が合理化すればするほど、人間性は蝕まれていく。洗濯も、縫いものも、主婦がし、御飯は薪の火かげんとにらめっこで炊き、味噌までつくった昔の主婦たちは、表面、夫に養われているように見えながら、自分が一家の支柱だということは肌で実感していた。かけがえのない主婦という自覚は、姑につかえ、夫のかげになり、たくさんの子供を育てることに夜眠る時間も奪われながら、彼女たちは結婚しているという実感にあふれ、結婚生活の中での自分の生き甲斐を理屈でなく感じとっていた筈である。生活技術のたえまない工夫と創意なくしては、彼女たちは日常のおびただしい仕事をさばけなかった筈だ。

家庭という名の城の中で、自分が絶対必要とされているのだという自信と誇りが彼女たちの生活を支えていたにちがいない。

彼女たちだって今の主婦と同じように年老い、夫は成功し、子供たちはそれぞれ巣立って離れていっただろう。しかしその頃の家庭はまだ城という名にふさわしく、どっしりと地中に根を下して建ち、ゆるぎなかった。おびただしい先祖の霊と共に、いつでも事があれば、そこに集まってくる血族の心のふるさとであった。主婦は老いてもそのふるさとの中心であった。

現在のように家庭が核家族になり、それぞれ家族がひとりずつ核分裂していく時代になっては、家庭はもはや、帰るべきふるさとではなく、わずらわしい儀礼の交換所になってしまった。子供さえ育ってしまえば主婦が居なくても、家庭はさして痛痒を感じない。自分がさほど必要とされていない存在だという孤独感が、感じ易い主婦にとっては耐え難い空虚感となって心に巣くいはじめる。

なぜ結婚したのだろう。結婚生活で自分は何を得たのだろうと、ある朝、突然、主婦が自分の内部のむなしさに気づいたとて不思議はないのだ。

結婚生活が、夫の出世と、子供の入学と、レジャーの消費とに明け暮れるようなマイホーム主義のものなら、若い聡明な娘たちはますます結婚を望まなくなっていくだろう。生きることの実感を確かめ、自分の成長を見つめるためには、結婚生活が決して好ましい適当な場所ではないと考える娘たちがもっと増えてきてもいいのである。

押しても突いてもめったなことで揺がない既成の社会の因習とかびの生えた道徳に向かって、彼女たちが細い腕をふりあげたところで、それは所詮まだまだ孤独な報いの少ない闘いであろう。

それでも闘おうと志し、自分の生を自分の手で掴みとろうとする娘なら、誰でもがするという結婚に疑いの目を向け、結婚しなければならないかどうかと、疑い、迷ってみて、その結果結婚しない方を敢然と選びとっても不自然ではないのである。あるいはまた、女が女を愛し、男以上に理解しあい、官能的にもなぐさめあえたら、妊娠の望めない共同生活をしたっていいのではないか。もしかしたら、それは倦怠と虚偽と、馴れあいで辛うじて保たれているありきたりの結婚よりは、より真実な結婚と呼べるかもしれない。

さらにまた、他人の夫であっても、確かに愛しあう時間を、週のうち何時間か共有し、なぐさめと、励ましと、生きる活力を互いにわかちあうことが出来ているとしたら、それもまた、その女にとっては世間の認める結婚より、より真実の結婚であるかもしれないのである。

要は、女が経済的に自立することにすべてがはじまってくる。レズビアンも、零号《ぜろごう》も経済的自活の出来ない場合は汚くて目が当てられない。

男に養ってもらう必要のない時、女は、結婚しようと、しまいと全く自由に振舞えばいい。女の結婚のチャンスは十六歳から七十歳まで、いや死ぬまで可能なことを知っていればいいのだ。

（筑摩書房『講座「おんな」3』昭和四十七年十一月刊）

妻がはじめて気づいた空疎な〝妻の座〟

般若心経《はんにゃしんぎょう》の有名な句の中に、

「色即是空《しきそくぜくう》。空即是色《くうそくぜしき》」

というのがある。空《くう》といえば、私たちは、すぐ虚しいという感じに結びつけるが、仏教でいう「空」とは、執着せぬ、こだわらぬ、自由さ、といったものの表現である。色は色《しき》と読み、私たちがこの字づらからすぐ連想する、なまめいた「ラブ」に通じる意味はなく、仏教では「色」は形象のあるもの、「物質」というような意味をもつ。そこで、

「色は空に異らず。

空は色に異らず。」

というこの句の意味は、およそ形のある物は、いつまでも永久にその形を保つものではなく、その中身は常に流動している。その自由があってこそ、もとの形の新鮮さも保てるのであるといった意味だという。

わかりやすい例をあげれば、人間の肉体も、常に新陣代謝が行われているからこそ、

皮膚も肉もある程度形を崩さずもちこたえられているのである。つまり細胞は「空」で、日に新たに動いている。

この句のあとに、

「受《じゅ》、想《そう》、行《ぎょう》、識《しき》も亦復是《またまた》の如し。」

という句がつづく。受も想も、行も識も、人間の心の働きを示す。つまり「空」なのは、肉体といった目に見える形だけにあるのではなく、心の形、精神の働きの上でも、やはり常に流動する自由さを持っているというのである。

この考えを一歩、暗くひねれば、物や心の、はかなさ、無常さといった、我国中世の文学にみられる暗いあきらめの思想に通じるようだけれど、仏教のいう、「空」は、もっと闊達な、生命力のあるもののようだ。

私は「愛」について語ろうとしながら、なぜこんな抹香くさい般若心経の句など思いおこすのだろう。

色を恋情、情事と解さなくても、恋や愛が、精神のいきいきした働きの一現象であるかぎり、やはり「色」の中に繰りいれられてもいい筈である。すると、「愛や心」もまた、決して不変ではなく、生命力のあるいきいきした愛や心ほど、常に流動し、自ら新陳代謝をして日に新たに変質していくのが本来の性質なのだといいたいのである。

私たちは、よく人生の途上で、恋の相手にめぐりあった時、ほとんど本能的に、その愛の不変を願い、相手の愛に永遠を誓わせたがる。

その時、もちろん、自分の灼熱が、変る日があるだろうなどとは夢にも思っていない。思っていないながら、本能的に、愛の不変に一種の危惧を感じている。だからこそ相手の誓いもほしがるわけなのである。

結婚して十年、

「私たちはほんとに新婚当時のままの情熱を持ちつづけていますのよ」

などと言える妻がいるとしたら、よほどの精神的不感症か、精神薄弱ではないだろうか。

これまで、女は生涯に一人の男にめぐり逢い、その男と恋をし、その男と結婚し、その男の子供を育て、その男の死を見送り、あるいは見送られることが、女の最大の幸福な生涯のように教えこまされてきた。

そういう女こそ、貞淑で善良で、賢母で、誇り高き女であった。

今でも世間の妻たちの大多数は、この教訓に従って、つとめて「人生の軌道」から外れまいと努力している。はじめから恋愛に対しては防禦《ぼうぎょ》的である。たとい夫が外でどんな不貞を働いていても、男のそれは、甲斐性のうちだとみなされたり、ほんの道草だと大目にみられる。時には一つの愛嬌とさえ寛容される。

けれども、いくら戦後の女の強さが靴下にたとえられ、おだてあげられていても、妻の不貞は、姦通罪こそなくなってはいても、相変らず、世間からは、激しく軽蔑され、批難され、たちまち「噂の女」にされてしまう。姦通した妻は、どんな事情があるにせよ、世間は彼女の額に焼印を捺し、自分のサロンからは排撃するのだ。彼女が自分の家庭の良風美俗を汚染しはしまいかと毒蛇のように忌み恐れる。

モーパッサンが八十年も前に書いた「女の一生」のジャンヌの不幸は、今でも私たちの周囲の、良風美俗を誇っている家庭の中の貞淑な妻の中に受けつがれている。

ナイーブで、いきいきした精神の持主だった箱入娘のジャンヌが、親に祝福された結婚をしながら、夫に裏切られつづけ、次第に精神は不感症になり、「あきらめ」だけが生きる糧になって、無感動な生涯を送るのを読むと、ジャンヌの悲劇と不幸に同情するというより、ジャンヌの無気力さにいらだたしさを感じはしないだろうか。新妻をもらった日から、妻の女中に手をつけ、子を娠《はら》ませ、妻の親友であり、自分の友人の妻である女と密通するような、夫のジュリアンが、情婦の夫から女もろとも殺されても、一向にジャンヌの不幸は報われたわけではないし、ジャンヌに与えられた心の傷は消えたわけでもない。

なぜ、こんな男と別れようとしないのだろう。今、私たち読者は、ジャンヌのあきらめと忍従をふりかえって、思わずもらさずにはいられない。けれども、すぐ現在に於ても、私たちの周囲に、無数のジャンヌがうつろな目をして、黙々と夫の不貞を見すごし、屈辱に耐えているのを見出すことに気づくのである。

それにくらべ、「アンナ・カレーニナ」「ボヴァリー夫人」「赤と黒」「アドルフ」といった、典型的な姦通小説を読む時、強い文学的感動を味わわずにはいられない。これらの物語のヒロインたちは、揃って人間の道徳から脱落し、世間の批難の的となる。無数の石が、自分を道徳的な人間と信じている人々によって投げつけられる。社会的名誉も、地位も身分も、はぎとられる。彼女の行手に待っているものは、愛の幻滅であり、絶望であり、落はくであり、自殺か病死である。

彼女たちは見方によれば、ジャンヌの夫と同じ不貞の報いをうけたように見えながら、決して、読者に、ジャンヌの夫の死に対するような小気味よさや復讐感を感じさせはしない。彼女たちは揃って、賢い女だとはいい難い。けれども、この愚かな、しかも、あくまで女らしい、ナイーブな精神の持主たちの迷いの生涯と惨めな死に、私たちは深い共感と同情をゆすぶられるのである。

なぜだろうか。私たちは無意識に、自分の生の倦怠と退屈と偽善と、卑俗さにあきあきし、それらを憎悪しているからなのだ。

私たちのまわりをとりまいている世俗的なもの、分別臭いしたり顔、金、名誉、地位、権力を渇仰《かつごう》する世間、殊にその代表者のような自分の夫、世俗的な習慣と道徳と、借りものの思想に、まるで木偶《でく》のようになっているレディーメードの男たち。女は、いや妻は、長い間押しつけられてきた貞淑という美徳の仮面の下で、本当はもううんざりしているのだ。

私は、昔の学友のクラス会の集まりや、ＰＴＡに頼まれた講演の後の主婦たちとの座談会の時、彼女たちの無邪気なため息をきかせられることが多い。

「恋愛時代は、ジイドをジッドと気どっていって、文学書や哲学書などばかり私に読ませたくせに、このごろのうちの人ときたら、会社から帰ると、週刊誌どころか、子供の漫画の本をみながら、ぐうぐういびきをかきはじめるのよ。つくづく馬鹿にみえるわ」

「まったくよ。象の足みたいなズボン下はいて、その上にどてら着て、味噌汁吸ったり、たくあんかじっているのみると、これが自分の亭主かとうんざりしてしまうわ」

象の足のようなズボン下やどてらを着せているのが他ならぬ彼女たちなのを忘れて、妻は、もう夫にあきあきしているのである。

もっと打ちあけ話がすすむと、彼女たちは決まって、囁く。

「ぜったい露見しない保証があるなら、あたしだって、一生に一度、夫以外の男の躰を識ってみたいわ」

彼女たちが、レナール夫人や、アンナ・カレーニナや、ボヴァリー夫人とちがうところは、「露見」に臆病で、保身術を心得ているという点だけである。

彼女たちだって、チャンスと場所と、何より、魂にひびきかける「対象」さえあらわれれば、ほんの一ふきで燃え上がる炎を、うちにかくし持っている。

四十すぎの人妻なら、たいてい夫の裏切りの経験の煮湯を、一度や二度はのまされている。

そして、もし、そんな苦い経験が一度もない妻たちは、表面、他人に向かっては、

「せめてそれだけでも私の結婚生活は幸福だった」

といいながら、本当は、夫に不実を働かれた妻以上に、ある漠とした不安と虚しさを感じている。人生が決して、こんな単調な、平たんなものでないことを、彼女たちは本能的に識っているからだ。

「何事もおこらなかった」ということは、「何かがおこった」以上に、不気味な倦怠の砂漠であったことを、誰よりも彼女が識っているからだ。真実なものから目をそらせていさえすれば、世の中はスムーズに動いていく。自分の心の中さえ、はっきりのぞきこまなければ、家庭は波風をたてずにすぎていく。

けれども、なかばは、馴れあいと、暗黙の妥協でずるずる支えている家庭の平和が、いかに偽善にみちていて、空虚なものかを、誰よりも家庭の平和にしがみついている妻たちが識っているのだ。

小説に描かれた姦通のヒロインたちの相手が、必ずしも彼女たちのそれまでの平和や、社会的名誉や、殊にも子供と引きかえにするほど価値ある男であるとはかぎらない。

むしろ、大方の場合、本人同士の恋愛の結晶作用がはぎとられた後にのこる正体は、あれほど退屈していた、捨てた「夫」と大差ないことを発見するし、往々にして、「夫」の方がまだしもましだったというような場合が多い。

それを認めまいとして、ヒロインたちは、さまざまな錯覚を自分に強いようとする。そうすればそうするほど、男の正体は正直な実体だけになって目の前に居坐ってくる。

この時から、姦通した女にとっての本当の悲劇がはじまるのだ。

世間は待ちかねていたように一せいに嘲笑をあびせかける。女が、その恋を選んだ時の勇気が果敢で、無欲で、純粋であったほど、世間の目は、女の恋の破綻に、意地悪な拍手を送る。

けれども、世間のこんな嘲罵は、姦通をするほどの女にとっては、無縁である。彼女たちにとっては、不倫な恋に走った時からすでに世間とは心理的に絶縁しているのである。

世間の道徳のルールからはみだしてしまった者にとって、問題になるのは、背を向けた世間の評判ではなく、自分の恋の本質だけである。恋の相手の目の色、顔色、声の調子である。

他人の思惑など、かまっているひまはない。
自分は生きている、いるのだという実感だけが彼女たちを支えている。「心」だけが問題なのだ。姦通の中に、夢や、欲望や快楽や感動や創意を見出して生きているという「生きがい」は、死ぬことより、いやな倦怠の中にうずくまっているよりはましだと考える。いや、考えるひまもないのかもしれない。

姦通する妻たちに共通な性質は、いつも自分が運命をあきらめていないことだ。たいていの場合、彼女たちは、そのことに自分自身では気づいていないことが多い。周囲の卑俗さに対する嫌悪を感じる繊細な心や、鋭い感受性を持っている。偽善を本能的に憎んでいる。感動する柔かな熱い心を持っている。同時に、愛の前では、たちまち自分をからっぽにして、相手にそそぎこもうとする無償の情熱を持っている。何よりも強い精神の自由を持っている。

小説に描かれたヒロインたちの情事の中で、そういういきいきした女たちが、あらゆる障害をきりぬけて、自分の自由な魂で、恋を生きぬこうとするのをみる時、私たちは感動せずにはいられない。

どんなに崇高で熱烈に見える恋愛でも、恋のはじまりは錯覚と過誤からおこることを、第三者は冷静に判断することが出来るからだ。自分が明快な精神と判断力を持っていると信じている人間は、まるで暗闇を手さぐりで盲めっぽう進んでいるような、「迷った女」たちの行動は危なっかしく、はらはらさせられる。それは同時に、他所《よそ》の家の火事をみるような一種の加虐的な快楽を感じさせてくれる。「自分なら、決してあんなばかなことはしない」と、心にうなずきながら、やっぱり彼女たちの、無知で激しい野性に、一種の郷愁と憧れを呼びおこされる。

平穏な生活を守り、貞淑の美徳の冠をかぶった多くの妻たちは、姦通小説や姦通ドラマに、自分でも気づかない自分の鬱積した不平不満や、忍耐のかすを発散させるけれども、その時、もう一歩すすんで、自分の心の中の真実に、しっかり目を据えてみようとはしない。

真実を識ることは怖いし、自分の心の底に鬼や蛇の姿を見出した時のショックに耐えられそうもないのを知っているからだ。物語の中にゆらめいた彼女の心の動揺や肉体の興奮がおさまってしまうと、妻たちはまた無感動な表情と、鈍感な肉体をひきずって、泰然自若として、自分の領地、台所に立っている。

私はある時期、ひとつの情事の周囲を連作の型の小説として書きついでいた。自分の職業を持ち自立しているヒロイン知子は、過去に離婚の経験がある。知子は離婚の原因になった年下の男涼太との恋もはかなく終って、女ひとり生きていくことだけにわき目もふらない毎日を送り迎えしていた。

その途上で、ふとしたことから、十歳余り年上の慎吾にめぐりあう。慎吾は妻子がある中年すぎの売れない小説家である。

慎吾との出逢いが知子には宿命的なものとなって、それ以来半同棲の生活を八年もつづけてきた。

慎吾は妻と知子の間を時計のふり子のように規則正しく往来する。

慎吾にとっては、「愛」はそういったかたちで、二人の女の間に実存し、二つの愛の間に比重などはなかった。

慎吾の妻ゆきは、はじめから慎吾に知子のことを打ちあけられ、終始、知子の存在を黙殺する形で、夫の不貞をうけ入れる。

知子は、経済的に慎吾の家に負担をかけていないという自負に誇りをおき、自分の愛を誇示して生きる。

「愛があるから、自分の生活は許される」

と、知子は信じているようだ。慎吾の妻の座というものには一切恋着しない。結婚生活の無意味と、退屈さは、すでに知子は経験ずみだ。なぜ女が、愛する男と結婚したがるのか、知子にはわからない。

慎吾が妻の家に帰っている時間——知子はむしろ、のびのびした「自分の時間」を享楽し、仕事に没頭出来る。

三人が三人、互いに何の不自由も感じず、感じさせず歳月だけが流れていった。

そのままでいけば、いつまでも——たとえば三人のうちの誰かが死ぬ日まで、その平衡はつづきそうに思われた。

けれどもある日、この静かな沼に小石が投げこまれた。

知子の昔の恋の相手涼太が、知子と慎吾の生活の中に突然姿をあらわしたのである。

知子の中で、思いがけない波紋がおこった。

涼太も知子も今度の再会が昔の恋をよみがえらせようなどとは夢にも思っていなかった。

涼太の方は忘れてしまった旧い唄のメロディーをなつかしみたぐりよせるような程度の軽い気持で訪れてみたのだし、知子の方は、むしろ、平穏な慎吾との生活の中に入ってくる雑音をうるさがるような迷惑な気持で迎えたのであった。

八年間、慎吾に対して知子は一度も不貞を働かなかったし、心の上でもそんな危なっかしさを感じたことはなかった。

本当の愛は、強いられなくても貞潔を守りたがるものだと、自分の愛に信頼をよせていた。その間も、慎吾が、自分と妻のどちらをも捨てようとしないのを不思議がりもしなかった。

最初の頃、知子は人並に見たことのない慎吾の妻に嫉妬を感じた筈なのに、その記憶さえ、八年の歳月という風雪が、埋めつくしてしまっていた。

表面八年前と何の変りもないと見えた三つの頂点をもった不思議な愛の関係の中にも、やはり、目に見えない新陳代謝はたえ間なく行われ、しらずしらず、細胞は生れかわっていることに、知子は気づいていなかったのだ。

涼太との新しい情事に、おちいった時、誰よりも狼狽し、あわてふためいたのは知子自身だった。

愛は、慎吾に対して前よりももっと強固になったような気がしていた。

いつのまにか、慎吾の妻と同様の心の位置をもちつづけていた知子は、涼太との情事に、慎吾に対して正当な妻が姦通しているような錯覚があった。

普通の人妻の姦通物語とちがうところは、知子が慎吾を裏切る度が深まるにつれ、知子は慎吾に対する過去の自分の愛の深さを確認するということだった。

知子と慎吾のような、愛人同士の間でさえ、歳月と習慣の惰性は、愛の感度を鈍麻させていたのである。

愛は、平和と、幸福と信頼に支えられていると思うのは錯覚ではないだろうか。

愛は、闘争と、不幸と、不信と、猜疑《さいぎ》と嫉妬などによって、かえって、宝石のように、原石から美しく磨きだされるのではないだろうか。

「信頼」だけが唯一の法典である夫婦というものの絆くらいはかないものはない。親子はまだ、血のつながりがあるが夫婦は、もとは赤の他人であり、互いに識ってしまったと思うのが思い上がりで、互いを識りつくすなど、死ぬまでかかったって出来はしないのではないだろうか。

知子が、夫婦という絆の外にいながら、心は自ら妻の位置に定着していったから、かえって新しい情事の入りこむスキが生じていたのである。

――わたしたちは互いの立場を認めあい、愚劣な無益な争いはしない。互いの立場を尊重し、自由をおかさない――そんな思いあがりが、いかに、はかないものだったか、知子は、自分自身の心に、見事な八年間の復讐を受けてしまった。

慎吾の妻から一言の批難も一べつの軽蔑も与えられないままで、知子はもっとも手酷い復讐に傷ついた。

慎吾と涼太の間を、知子は、とりみだし、最も惨めな女の典型のように右往左往する。どこにも解決はなく、慎吾を見ては泣き、涼太にとりすがっては泣き、ひとりいてはおろおろする。

最後に知子は疲れ果てたように慎吾との長い生活を清算する。

事件は終わった。

小説はそこで終わっている。

この小説が発表されてから、作者は思いがけないほど、未知の読者から手紙をよせられた。

知子のような立場の女性が一番多く、あとは慎吾や涼太の立場の人であったりした。

意外なのは慎吾の妻の立場の人が多かったことだ。

作者にとって、一番興味があり参考になったのは、慎吾の妻の立場からの反応であった。

「いったい、夫を愛し、家庭を守り、夫からも、妻として不平をいわれたこともなくすぎて来ているのに、夫が新しい愛人をつくるということはどういうことなのだろうか」

申しあわせたように彼女たちは、そう書いてきた。

金で追っぱらえない「夫の恋人」は、妻にとって、これ以上始末の悪いものはない。

しかも、彼女たちは、妻の椅子さえほしがらない。

そういう「自由な女」が増えてきたということは、夫にとっては都合がよく、妻にとっては無限の恐怖である。

今まで安心してどっかり坐っていたつもりの「妻の座」が、いかに空疎なものかに妻ははじめて気づかされる。

「もう、今では、私だって、夫を愛しているとはいえません。けれども、今からではおそすぎます。私に人生をやりなおす、体力も精神の弾力も失われてしまった今となっては――」

妻たちは、そう書きつづけてくる。

夫の愛人の去ったあとで、妻と夫は昔のようにまた二人だけで向かいあって暮すだろう。

けれども、もうその昔と同じ型の家庭の内容も、夫婦の愛情も、すっかり中身はちがったものになっているのだ。

成り行きをじっと忍んで待ちつづけた妻は賢いとほめられるだろうが、出刃庖丁をふりかざして、夫の愛人を刺しにいった妻のように、彼女は生きたという実感を持つことはない。

この物語が人に読まれるのは、決して、異常でも不思議な物語でもなく、あまりにざらにありふれた愚鈍な関係だからなのだろう。

知子の情事が意味を持つのは、裏切りという事実や、二人の男を同時に共有したというような愚劣な関係ではなく、小説の中では一年ほどの姦通の季節が、慎吾との八年の歳月の重みと密度に匹敵するほど、知子にとっては重大だったということである。いいかえれば、知子は、慎吾との恋のはじめに感じて、いつか忘れていた、「生きる」というなまなましい実感と感覚を、よれからんだ情事の中できりきり舞いしている時、再び自分のものとして、摑み直したということなのである。

手ぎわよく、身を処すことの出来ない馬鹿正直さと浅はかさが、小説の中の姦通女たちの、何よりの共通点といえるのかもしれない。

けれどもどの物語を読みなおしてみても、姦通という事実に世間の良識がまず抱く、肉体の問題が、案外、ヒロインにとってはそれほど重要な位置をしめていないことである。

成人した男と女の間での愛で、肉体の裏づけのない愛などは、愛とも呼べないものではないかと思う。かといって、肉と霊の比重をはかれば、最後には、精神が肉体の上に立つのではないだろうか。

どの姦通物語のヒロインをとりだしたところで、彼女の心を最後にとらえているのは、相手の愛（精神的な）のありかたであり、決して、相手の肉のありかたではない。女は性に絶望して死を選ぶようなことはないが、精神の裏切りでは往々に自殺したがる。

性愛小説の聖書のように誤解されている「チャタレー夫人の恋人」を読んでみても、チャタレー夫人の悩んでいるものは、決して、肉欲の限界にとどまっているのではなく、肉欲を通して、新しく展かれたプラトニックな愛についての悶えなのである。チャタレー夫人の恋人が、森番のメラーズでなければならなかった理由は、彼との性的な合性などという問題ではなく、メラーズの人間性だったことを私たちは読みおとしはしないのである。

たいていの姦通妻が、世間には通りのよい押し出しのよい道徳的な夫をもちながら、ドンファンや、ならず者や、身分の低い者や、生活無能力者にひかれていく。結果として、彼女たちは夢やぶれ、世間の嘲罵の中に、自分自身も絶望して死んでゆくだろう。

何度繰りかえしても、どんな風がわりな衣裳をまとわせても、結局姦通小説の骨組だけは変っていないし、ヒロインの性格の共通点は同じである。

夫に不貞を働かれた世間の妻は、夫と情婦を肉体的に手をきらすことだけにやっきになり、その目的を達すると、ほっとして、すっかり安心する。

妻に不貞を働かれた男は、たいてい妻をほとんど許さないし、万一、許して、元通りの共同生活がはじまっても終生、ベッドに入る度、妻の不貞の記憶を思いおこす。どちらも、不貞の事実の中に「肉体」を何より重要視しているからなのだろう。真の「愛の裏切り」とは、肉体が、一度夫を裏切ったとか、妻の目を盗んだとかいう、現象的なものでは決してないようだ。

そうした事実のおきた後で、その事実が当事者の精神にどう作用し、何がのこされるかが大切なことであって、私の小説のヒロインのように、何度同じようなことを繰りかえしてみても、自分の愛の正体がつかめないでうろうろする女もいるし、一度の過失で、夫への愛の重要さを、骨身にこたえて認識する妻もいるだろう。あるいは自分が、夫にも愛人にも決して属することのない、自由な魂の人間だったということをはじめて自覚する女もないではないだろう。

妻も、もっと、大胆に、恋愛をしてはどうだろうか。たいそう飛躍したとっぴな、そして誤解され易い意見と承知で、私は世の中の妻たちに呼びかけたい気がする。

「結局、私は、夫を愛しているから、夫の不貞をもふくめて、彼を許すのです」

よく聞く、夫の不貞を許す妻たちの紋切型の言葉だけれど、もっとつきつめて、聞きただしてみれば、

「今から、離婚しても損だから——子供が可哀そうだから——主人の財産だと、大して金もとれないから——」

と、まったく味気ない、実利的な問題に落ちつくのが落ちである。

「妻の座」と「金」をほしがらない、自立した女たちが、もっともっと世間に増えてくるとしたら、(それは当然、増えてくる筈である) 妻の座ほど空虚で、はかないものはなくなるだろう。

心のぬけがらの、夫の肉体だけを鎖でつなぎとめておいたところで、互いに幸福なわけはあるまい。

若い愛人に捨てられて帰ってくる日を待つという妻の言い分もよく聞く。

それこそ、何年か先で、愛人にさえすてられた男のぬけがらを受けとっても、妻は誰に対して勝利感を味わえるだろうか。

人間は不確かなものだし、心はいっそう不確かなものだ。せいぜい、いい意味に解釈

したところで、はじめに書いたように、

色即是空。空即是色。

の世の中である。

妻の一番傲慢な錯覚は、「自分は変らない」と信じていることではないだろうか。小じわの増えたことや、白髪を発見した時には、ひどくショックをうけて、騒ぎたてるくせに、自分の内部で刻々に変っている心の流れと変化だけは見つめようとしない。そして、自分がもう、夫の肉体にもあきあきしているくせに、夫の肉体との結びつきだけを金科玉条のようにして、そこに安心を見出そうとする。

世間の貞淑な妻たちが、さりげなく、夫の目を盗んで姦通にのぞみ、その新しい経験を通して、まったく知らなかった自分を発見する時、世の中は、もっとすっきりと明るくなると思うのは、あまりにとっぴな夢物語だろうか。

性をあまりに重大視する最近の風潮は、かえって、妻の精神を拘束しているような気がしてならない。

ちなみに、岡本かの子は、天下に聞こえた家庭円満の標本のようにいわれ、一平との夫婦仲は、模範的だと世間も認め、自分たちも喧伝していた。けれども、実際にはかの子には、肉体を通した愛人が、一人ならず死ぬまでいたのである。

だからといって、かの子と一平が力をあわせ培い育てた夫婦愛が、汚されたわけでなく、あの稀有に高められた男女の愛の極致は、やはり永遠の愛の聖典のように仰いでも恥ずかしくないものである。

要するに、人間の男女の間におこるすべてのラブアフェアなど、どんなに特異にみえても、必ず、どこかの誰かもやっている、類型的なものにすぎないので、生きるの、殺すのというほどの問題ではないようだ。大切なのは、その事件を通して、当事者たちが、どう生きたかが問題なのであって、不可解な自分を識るというチャンスは、思いがけない時、不用意に襲ってくる恋愛事件の渦の中でこそ、一番、恵まれているように思われる。

愛のかたみは、二つの肉の結合の証拠の子供だけでなく、互いに切りつけあった深い心の傷あとである場合もある。

永遠に残るものは、肉ではなく、精神の遺産だけなのである。

愛は幾度可能なのか

一九〇四年（明治三十七年）三月十二日、神田美土代町神田教会で、平民新聞主催の「社会主義婦人講演会第五回」というのが開かれている。聴衆は僅か十六名という寥々たるものであったらしいが「其数少しと雖も種々なる階級、種々なる地位、種々なる年齢の人々あり、吾人は此の少数なる聴衆が社会主義の思想を婦人界に伝播するの力は案外多大ならん事を信ずる者なり」と、平民新聞の中では気焰をあげて、講演内容をかかげている。

石川三四郎、堺枯川に先だち演壇に上った村井知至が「日本婦人に関する二大迷想」という題で講演した中に、「婦人に関する二大迷想の第一は『女子は必ず男子に嫁すべきものという考え』、その第二は『女子は必ず男子に従うべきもの』という考えだ」と述べ、私には娘が沢山あるが、それが嫁する時には、別れのことばとして『気に入らぬ事があったらいつでも帰って来い、我々は両手を挙げて門戸を開いて待っている』というつもりである。今後の婦人たる者は善く男子に対抗して、罷り違えば離婚するという覚悟を以て嫁さねばならぬ、それ丈の腰があれば男子に馬鹿にせられる筈は無い」
といっている。

今から七十年前にも、結婚に対してこんなはっきりした意見があったのに、今尚この二大迷想が全く拭い去られているとはいえないのだから、人間の智慧の進歩なんて大したことではないと思う。今流行のウーマンリブの闘士たちのかかげている闘いの内容を見ても、この二大迷想打破の域からさして多くは出ていないようだ。

二大迷想の根底には女のバージンの価値が厳然として坐っている。処女であった筈のマリアがころりとキリストを産み落すという神話は、如何にも人間臭くていいのだが、マリアが見知らぬ「誰」かに犯されながら、それが子を妊《はら》むことにつながるとはゆめ知らないでおとなしく身をまかせていたということが処女性なのであって、いいかえれば、性的無知の「おぼこ」ということになる。

科学的には、人工受精しなければ処女が子供を産むなんてことがあり得る筈はない。キリストが人工授精の子供だとしたら、神話は根底からゆらいでくる。そのキリスト教が一夫一婦制《モノガミー》をいくら力説してみたところで迫力がない。日本の昔だって、狩に出た城主が野良に出ている百姓の娘や人妻に気をひかれ、権力を笠に通じてしまい、亭主や許婚者には、位や金をやってごまかしてしまったという例はいくらもある。もちろん、その時心ならずも生れた子供は、亭主や許婚者が有難く頂戴して自分の子として育てあげている。

バージンを奪われたから、自殺したいという女の身の上相談は、明治から昭和の戦前まで連綿とつづいてきた。たまたま失った処女をどうとりつくろってバージンを装い嫁ぐかということが、女にとっては必死の、生きる道であった。現在でも、処女膜が結構飛ぶように売れ、処女膜植付の手術は、堕胎の手術と並行して大繁昌だとか。リブが叫ばれている今日、女にとっては見逃せない情けなさではないだろうか。女が何よりも闘いとらねばならないものは、処女膜尊重に対する女自身の迷信への告発でなければならない。

私たちが育てられた時代は女らしさが娘の躾の第一条件であった。女らしさとはイコール処女らしさということで、女はたとい処女を失っても処女らしく装うことが女らしさの真髄とされていた。

処女膜迷信からの解放が完全になされた時、女は二十五で売れ残りなどといわれることもないし、二十二で売りいそぐこともない。むしろ二十一にもなってもまだ処女などというのは、身の置き所もないくらい恥ずかしいというように変ってくるべきではないだろうか。いや現にもうすでに、非処女で処女らしく振る舞わされた女に変って、真正処女なのに、つとめて非処女らしく振る舞い、そういう言動をしたがる女の子も増えてきている。

処女性への迷信から女が完全に解放された時は、結婚の形態も否応なく変らざるを得ないと思う。

レオン・ブルムは恋愛と結婚の相手をはっきり区別した方がいいという説をたてているが、私も全く同意見である。

私の育った時代は、女はただひとりの男とめぐり逢い、その男に恋し、その男と結婚し、その男の子供を産み、その男の死を見送り、少しおくれて、子供や孫に見送られて死ぬというのが最も幸福な生涯と教えこまされてきた。そして結婚前の男女の交際は不良のすることで、良家の躾のよい娘は、親や周囲の世話焼のとり決めてくれた青年と見合いをし、気にいられたら（選択権は九十九パーセント男の側にある）結婚するというのが理想的な結婚の方法だとされていた。しかし考えてもみたらいい。浜の真砂ほどもある無数の男の中からただひとりを一度で選ぶなんて全知全能の人間でもないかぎり宝くじをひき当てるより可能性の少ないことである。

その上、一度嫁したら、離婚はタブーで、出戻りはオールドミスよりもっと社会から軽蔑され不利益な肩書を押しつけられるのだ。出戻り女は如何なる事情があったにしろ、辛抱という美徳が足りなかった女であり、でなければ最も軽蔑されるべきふしだらな女ということに決められてしまう。まして子供を置いて出るような女は人非人扱いされた。

レオン・ブルムは『結婚について』の中でこうもいっている。

「二十代の時に子供を持てば、女性の身体は変ってしまう。三十歳では身体はそのまま保持される。そして四十歳でなら子供を持つと若がえる」

と。

女は自分の選んだ時に子供をつくればいいので、母親になる前に本能を最もはげしく或いは最も強く消費しつくす自由を行使すべきだと説いている。

女は結婚前に情熱的な恋を何度もした方がいい。もちろんこれはセックスを伴った恋である。

感覚的に好ましい男でも頼りにならない男は多いし、頼もしい男でも感覚的に全く肌の合わない男もいるものだ。これは男の側からもいえることで、こういう二人がいっしょに暮したら、お互いが悲劇である。

人間は全知全能でないのだから、思いちがいや早とちりや、とんでもない誤解をしょっちゅうする。もし、二人の男女がお互い、そういう過ちを犯してしまって、いっしょに暮してみた時、予期しなかった不都合に逢えば、勇敢に何度でもやり直せばいい。

困ることは、一方が誤ったと感じた場合、他の一方は誤っていなかったと妄信している場合である。そしてたいてい男女の別れとはほとんどがこのケースで占められていて、どちらかがより多く傷つく結果になる。

生涯にたった一人の男しか知らないということは、かつての女の最高の美徳とたたえられてきた。しかし今では長い人生でたった一人の男しか経験しなかったということは、よほど魅力がなかったか、極度にひっこみ思案な女だったということだけで、さして自慢になるものではない。

貞操というのは強いられて守るべきものではなく、心と肉体の調和が完全に一致した場合、女の方は、自然に他の男に目をくれなくなるものだ。そういう女が再び他の男に目を向ける時はそれまでの男との間に、見えると見えないにかかわらずある種の弛緩が生じている時である。

　男も女も、生来の本能はポリガミー的なのではないかと私は考えている。生命力が旺盛で、人生に好奇心を抱く若々しい情熱の持主ならば、この世で最も複雑で興味のある変幻極まりない人間という動物の他性をもっともっと知りたいと思うのは当然であり、知るという行為は互いの体内まで入りこみたいという願望に他ならない。

　結婚の形態をとらないまでも、女は子供を産めるし、育てられもする。結婚という形態が今でも尚、女の方により多くの犠牲と忍耐を強いる以上、経済的に自立出来る女が、次第に在来の結婚の形態を拒否しようとするのは当然の成り行きである。

　たまたま最初の男が、最も自分にふさわしい男だと信じこむ場合もある。しかし、それは他を知らないからで、魚しかたべたことのない人間が、獣肉の美味しさをはじめて味わって、自分の味覚のこれまでの経験を口惜しがることもあるように、二人以上の男性を経験しなければ、本当に自分の好ましい男の真の価値もわからない。

　今では女も自由に恋愛し、自由に男を選び、または選び直す女が少数ながら増えてきた。

　結婚生活から飛びだす女も、日と共に増加している。とはいってもまだ社会的条件では、出戻り女や、ふしだら女の陰口はまぬがれないし、再婚の条件は依然として、再婚の男よりも数等不都合な扱いを受けている。

六十歳の男が二十歳の娘と再婚する場合、人は六十歳の老人の精力と勇気と実力を少しのひやかしをこめながらも心から賞讃する。

しかし、六十歳の女が二十歳の青年と再婚しようものなら、人々は六十歳の女を不気味な生物を見る目付で眺め、色きちがいという陰口が囁かれ、不潔で醜悪なものに触れたような身震いの反応を見せる。それればかりか六十何歳の女が七十何歳の老人と再婚してさえ、男の方には祝福を贈りながら、女の方に気味悪そうなまなざしを投げかける。

相変らず、女は五十にもなれば、女でないと自覚した方がつつましい上品な女だとみなす風習が根深く社会には残っているようだ。

この世間の目に平然と立ち向かえるだけの自信を持つ真に解放された女は、まだ極めて稀にしか存在しない。

男にとっては、結婚生活が何かと実生活に便利さをもたらす以上、男は適齢期を次第に早めて、結婚生活を益々需《もと》めるようになるだろう。

まやかしのマイホーム主義、雑誌のグラビアじみた絵に描いた餅のような家庭の団欒、妻の欲求不満と嫉妬と倦怠感、それを見て見ぬふりしか出来ない去勢された疲れきった夫たち、中身が空疎になればなるほど容れ物を豪華に飾りたてたがる家庭という名の砂の城。

解放された女は、こんなまやかしの崩れ易い城に憧れないかわり、きびしい孤独との闘いにひとり歯向かわなければならない。真に充実した愛と弛緩しない情熱を保ちたいと望む時は、相手と共に暮さないのが最もいい方策だということは、何度かの苦い経験で彼女は知っている。漸く、真に自分にふさわしい最も好ましい相手にめぐりあった場合は、相手はすでに妻子をかかえている。

他人の家庭をこわすことのエネルギーの無駄さを、もう彼女は十二分に経験しているし、まわりにもうんざりするほど、眺めている。自立し、自分の仕事を持ち、自分の情熱の欲する時だけ、みたしてくれる男を迎える生活、そしてもし、自分だけで育てられる自分の産んだ子供が一人か二人あれば、彼女は申し分ない人生を送っているといえる。

しかし、彼女がその時孤独からも解放されているわけではないのだ。多くのマイホームを誇る妻の内部が、白蟻にくいつくされた館のようにがらんどうに虚しく、一突きで崩れる脆さを内包していて、夫への不信と懐疑と、子供との断絶感で、狂おしいほど孤独なのと、さして変らない孤独と彼女も同居している。けれどもその二つの孤独の質はちがう。

人の目に外がわからはどんなに理想の家庭らしく見えたところで、近よって見れば遠い芝生のようなもので、たいていは荒れ果てているのが大方の家庭というものの正体だ。

いや、自分たちの家だけはちがうといきまく主婦も必ずあらわれるが、それは彼女たちが、真実を見る目を持たないか、本能的に真実を知ることの怖さを感じていて、つとめてだまされたがり、幻影のなかに生きることを選びとっているかにすぎない。

本当に解放された自由な女は、人間が決して、他からは充たされないこと、自分の愛などという力が他を決して充たしきりはしないことを識っている。

それは一度ならず二度三度と、勇気を持って、新しい恋に立ち向かい、男との同棲の試みもした上で得た真理なのである。

だからといって、彼女たちは愛することを止められるだろうか。

マイホームの中の妻たちが、自らまやかしの幸福の幻影の中に身をとじこめ、偽の酩酊に身をゆだねているのとはちがって、彼女たちは、何度も性こりなく繰りかえしてみた真剣な恋とひきかえに、人間は孤独だという動かし難い真理を抱きとめている。

孤独に徹した後にも生じるやさしさこそ、人間だけに持つことの許された覚めたやさしさである。

それは情熱だけに流される肉感性から生れるあのむせかえるようなおしつけがましい利己的なやさしさではなく、相手の孤独を汲みとるゆとりのあるやさしさである。

陽にあたためられた砂地のように、それは他者の淋しさを際限なく吸いつくす。

人間は淋しいから、燃えた後には美しいけれどすぐ冷たくなる脆い灰が残るから、人間はよりそいあい、あたためあおうとする。

　その時、はじめて、相手をゆるす真心の愛が生れる。相手の欲することをかなえてやることが自分の素直な歓びにつながることを知る。それは、共同の利益で結ばれていると思いこみ、台所用品や、テレビやピアノや家を買うために力をあわせている家庭《マイホーム》の夫婦の結びつきとは全く質のちがった次元の結びつきになる。

　その時、彼女にとっては、結婚という形態や家という外殻は何の必要もなくなっている。

　人間は死ぬ直前まで、人を裏切ることの出来る弱いおろかな生物であるという自覚の許に、明日崩れ去るかもしれない今日の愛を守る情熱が湧くのである。永遠の愛など決して存在しないことを知っているからこそ、今日、この瞬間の愛の大切さを一滴もこぼさず味わい尽くそうとする。形式的な結婚など何度繰りかえしても、そこからは夫婦という名の男女の狎《な》れあいのだましあいしか生れないことを知っている彼女は、決して今更結婚という形式の鎖につながれようとは考えない。

　年老い、孤独に、どこかで行き倒れる死を迎えたとしても、自覚して、この道を選びとった彼女の愛の歴史には悔いは残らないだろう。

　幾本もの手に、死の床でしっかり手をとられていても、人はそこにつなぎとめられず、必ず生れた時と同じくただひとりでこの世を去って行くのだから。

女が何度結婚したかというより、女が何度愛したかということが、その生涯にとっては意義のあることだ。

（「婦人公論」昭和四十六年七月号）

愛のあり方

「悪女の深情け」ということばがある。

女の情が深いということは、男にとってはいい条件の筈なのに、なぜその上に悪女がつくのだろう。

深情けの女というと、美女は浮ばず醜女のイメージが浮ぶのも考えてみれば奇妙なことである。

情の濃い女と、情の深い女はちがうようだ。情の濃いということはセックスの濃厚さに結びつき、情の深いということは、たぶんに精神的なもので、いいイメージとしては近松の女が浮んでくる。冷たい女、温かい女というのも、「情」にかかっていることである。

男は、日常生活では、情の深い女を便利だと喜び、その恩恵に浴しているから、冷たい女に憧れる身勝手な気分がたぶんにある。

「恋」の性質の中には征服欲がある。これは男の側には特に強いもので、男は猛烈にファイトを燃やして恋する女を獲得することに熱中するが、一たん獲物を手中におさめると、実にあっけないほど、獲物への興味を失ってしまう。その点赤ん坊が這い這いしながらみつけたものに猛烈に突進し、一たん手にしてしまうとポイとすててかえりみないのに同じようなものだ。

女は、たいてい男が自分を獲得するまでに示した熱情や誠意や讃美や、時には泪を大切に胸の底におさめ、それを反芻することによって生きているようなものだ。男は、現在進行中の恋人の手紙を友だちに見せびらかすようなことはしても、昔の女の恋文などは決して見せないし、第一、手許にとっておいたりはしない。ところが女は、よく過去の男の恋文を見せたがる。

幸福な人妻が、恋愛時代の夫の恋文をしきりに見せたがるのに私は何度出あったかしれない。そういう過去の甘い想い出に頑強にしがみついて、女は現実の男の心変りを断乎として認めまいとする。

吉行淳之介さんの文章の中に、今、こういうのを見出した。

「大部分の女性にとって、無意識の領域を探ることははなはだにが手のようである。ことによると女性には意識下の世界というものが客観的にも存在しないのではないかとさえおもえることがある」

まったくその通りで、大概の女は、物事を形而上的に考えることが苦手である。だからこそ、自分にとっては理由のわからない男の心変りがどうしても納得出来ない。

なぜならば、自分は、相手がかつて熱愛してくれたままの自分であり、少々、歳月に皮膚や顔の構造は古びてきていても、目も鼻も口もあの頃のものであり、胸も手足もあの時のものである。何よりも心が、あの時のままである。いや、心というより愛そのものが、熱烈にこまやかになりこそすれ、衰えてなんぞいはしない。彼があれほどの熱意をこめて跪き、泪を流して求めた自分である——という、形而下のことしか考えつかない。熱心に考えれば考えるほど、かつて彼から受けた、ささいな愛の証しばかりが次々思い出されてくるのである。

こういう時、女は自分では気づかず、一途に深情けぶりを発揮してしまう。

悪女の深情けとか、醜女の深情けとかいうことばは、もちろん、男のつけたことばで、男のやりきれなさの気持の表現である。

悪女も醜女も、この場合文字通りに、受けとるべきではないだろう。善女も美女も、男にとって、女の情が深情けと感じられるとたん、悪女、醜女の面をつけてしまうのである。

深情けの女はすべてやさしい心情の持主の筈である。

やさしい女を嫌いな人間、いや男がいるであろうか。やさしさはまぎれもない美徳の一つである。それなのに、やさしさから生れる深情けが、必ずしも男にとっては女の美徳になり得ないところに、永遠の男女のズレがあり、悲劇がおこる。

恋のはじめは、女も本能的に相手の心をひきよせるテクニックを心得ていて、無意識に自分を謎めいて見せようとするし、情けも小出しにする技術を心得ている。

ところが一たん、男にすべてを許してしまうと、その瞬間から、女は男に秘密をなくし、自分のすべてをあけわたしてしまう。正直で、ナイーヴで、やさしい女ほど、その度が強くあらわれる。本当にベールが必要なのは、この時からだということをほとんどの女は気づかない。

家庭的な女ということばも、また、男にとっては永遠の郷愁である。けれども、大方の男は家庭的な女を得てみると、決まって、非家庭的な、コケティッシュで奔放な女と浮気のひとつもしてみたくなる。素直な女ほど、男のために家庭的であろうと努力する。味噌汁もつくるし、ぬか味噌もつけるし、梅酒もつくる。

日本の女ほど男につくす女はいないといわれているけれども、永い間の習慣がまだ日本の女の血の中にはのこっていて、男は縦のものを横にもしないのが男らしいという考え方がある。

靴下からネクタイまで毎朝選び、着ればいいように夫のそばに出しておく。もっと徹底しているのは、ネクタイまで結んでやる。靴下をはかせてやる妻だってある。女に足の爪をきらせてのうのうとする男なんて、何ていやらしい奴だろうと思うけれど、女は案外それをさせられたがっているのである。

生活能力のある男は、こういう献身的な女の深情けをはじめは都合よく感じていても、次第に鼻についてきてうるさくなるものだ。そこでバーなどで、気があるのかないのか、まったく打算的だけの甘えかわからないような娼婦的な女の子なんかに魅力を感じていく。

日本の女ほど、愛のためには自分を卑しめ、自分を犠牲にすることを何とも思わない女はいないのではないだろうか。

いつでも全身で献身的に男につくしている女が裏切られた場合、怒るより先にそういう女は自分を反省してしまうのだ。

どこが男の気にいらなくなったのかと思い、いっそう、彼につくすこと、彼に愛情をふりそそぐことに精を出す。それが愛情の押しつけになっていることには気づかない。

心をこめてつくった料理を男がたべのこしでもしようものなら、

「これ、どこがまずかったの？　あなたの好きなものでしょ？　今日のはどこか悪かった？　気分でも悪いの？　お薬は何をのむ？」

と、自分の納得するまで問いつめないでは気がすまない。そうされればされるほど、男はうるさく、息苦しくなるのがわからないのである。

よく、夫が持ちだした離婚話をどうしても受けつけない妻をみかける。夫の心が離れきっているのを知っていても、あれは夫があの女にだまされているからで、いつかはあの女に捨てられるから、その時こそ、自分が待っていてやらねばなどと、一見、筋の通ったようなこともいう。

これくらい男にとっては迷惑な深情けはないのである。

私自身、どっちかといえば深情け型なのでよくわかるのだけれど、こういう女の押しつけがましい深情けは、決して男を男らしくさせないものである。本当に男らしい男は、こういう深情けにうるささを感じるし、女性的で弱い男は、こういう女の深情けに足をすくわれ、溺れきってしまって、世間から脱落する。

それにまた、一見いかにも献身的で犠牲的に見える深情け型の女は、果たして、他をそんなに愛しているのだろうか。

本当はそういう女の無意識下の世界にわけいってみれば、案外猛烈な自己愛だけが、とぐろをまいているのではないだろうか。自分のいとしいものにつくすということは美しく貴くみえるけれども、それが女にとってはそのまま歓びになるのだから、献身も犠牲も、自分の幸福のためなのである。

深情けの女にかぎって嫉妬深いのもそのためで、つまり、相手そのものが惜しいのではなく、相手にそそぎこんだ自分の愛情、自分の親切、自分の努力が、惜しいのである。

それは、若い女に大金をそそぐほど、その女と別れようとしない老人と同じような心理なのではあるまいか。だからこそ、自分の愛情をたてにとって、別れまいとする。

本当に愛情の深い女、本当に犠牲的な女ならば、相手の立場を考えて、自分の愛がどれほど報われなくても、自分の方が身をひいてしまう。

室生犀星氏の『かげろう日記遺文』に冴野という室生氏の理想の女性が創り出されているが、その女は、男の身辺の平和を想って、愛のあるまま、ある日、ひそかにひとり行方をくらまして消えていくのである。

こういう女の行為こそ、本当の意味の情の深さであり、男は永遠にその女の俤《おもかげ》を忘れることが出来ないであろう。

「深情け」と男に厭われる女の愛情の押し売りの中には、こういう意味の本当の犠牲はない。

自己愛の変形と、自己満足が、深情けの押しつけがましさになって、男をヘキエキさせるのである。

深情けの女は案外セックスでもひとりよがりが多い。

男が多淫だからという言いわけを自他につけて、自分の多淫さは認めようとしない。男の愛情の証しはセックスでしか認めることが出来ないのも、深情け型に多いから奇妙でもある。

ある男が、ある芸術家の女性と熱烈な恋におち、家庭をこわしてまでいっしょになったところ、女がたちまち、自分の芸術までほっぽりだして、朝から晩まで男に奉仕したがる深情け型に変貌してしまった。

すると、男には恋愛の時彼女の上にみていた、妻とまったくちがったイメージ、仕事をもち、自分を持ったインテリ女性としてのイメージが跡形もなく消え果て、世帯やつれして、厭気がさしていた別れた妻の俤が、次第に新しい女の上にはりついてきて、恋心がさめ果ててしまった。

女の愛の押し売り、嫉妬、束縛、ぐちのすべてがいつのまにか別れた妻とそっくりになっていたという事件があった。

男のさめてきた恋が、女にはまったく理解も察知も出来ず、仕事を捨てた自分の愛の犠牲の強さだけを、今でもうっとりと宣伝している。

愛する男のために、捨てられるような女の仕事は、仕事といえるほどのものではないのである。男は、決して愛のために仕事を捨てたりはしない。

男に対して深情けを押しつける女は、子供に対しても母性愛の名によって、深情けを押しつけたがる。

そうしておいて、あとでこれだけつくしてやったのに、あの子は嫁をもらうと私を邪けんにするとか言って、姑根性で怒りだすのである。

深情けの女の愛情には、いつでも、金で換算した方がわかり易いような打算がからまっている。

彼女のぐちは、これだけの自分の愛に相手が相応に答えてくれないということだけである。

決して彼女は、可愛い女でもやさしい女でもないのである。

自分の愛イコール自己愛しかないくせに、自分ほど、欲の薄い者はないと錯覚しているにすぎない。

世間の夫が、他人の目からみれば、あれほどつくすいい奥さんを捨てて、何であんなあばずれ女にひっかかったかといわれるようなことをしでかすかげには、いつでもこういう秘密がかくされているのではないだろうか。

悪女のレッテルをはられるような女に、本当の悪女なんていはしないのである。

本当の悪女が、虫も殺さぬやさしい顔をして貞淑そうに見せているのといい対照に、本当の愛情の深い女というものは、決して、世間に自分の愛情深さを誇示したがったり、相手の男に、自分の愛の量をはからせたがったりはしないものである。

空気の存在を忘れるように、愛そのものの形を忘れさせてくれて、空気のような軽さと透明さでつつんでくれることこそが、男にとっても、また女にとっても本当に欲しい愛の相ではないだろうか。

多くの母親が、報いられることのない子への愛を自分でもそうと気づかないほどの大きさでふりそそぐように、本当の女の愛は、幸福な時、自分の愛の重さや量について考えるものではない。

女が自分の深情けぶりと、相手の薄情ぶりをはかりにかけ、首をかしげる時は、すでにその愛は何らかの意味で崩壊のきざしが見えてきた時である。

男の愛が意識下の世界に根をおろしているのに、女の愛があくまで現実的な現象的なことでしか感得出来ないという宿命のつづくかぎり、深情けの女にからみつかれる男の有難迷惑さは、消えないであろうし、可憐な少女が、深情けの鬼婆に変貌し得る女の悲劇も跡を絶たないであろう。

その上、一夫一婦制という不自然で、きゅうくつな規則が、世間のモラルとして、通用しているかぎり、妻が深情けの悪女になる可能性は、ますます強いといわなければならない。

与えよ、そして需《もと》むるなかれ。

こんな神さまのような心になり得たら、愛は光り輝くだろうけれど、そんな心の女は、男にとっては、気味が悪くなるだけではないだろうか。結局、ほどほどの情けというものは、与えよ、而して奪わん、といった正直な態度に存在するので、やたらに与えてみせたがるのは、男女共に、眉つばの深情けと警戒した方がよさそうである。

愛する能力と愛される能力

愛し方にも愛され方にも個人別にそれぞれ好みのタイプがあって、それがずれている場合は、いくら一方的に愛しても相手は喜ばないと同様、その反対の時は、こちらも一向に有り難くないものである。

相思相愛といっても、ふたりの愛の秤の重さが水平に保たれるような時は、ほんとに短い間で、いずれはどっちかが重くなったり軽くなったりで、シーソーのように上下している。

苦しむのは当然愛しすぎてしまった方である。

何度かの苦い経験で、もうわかりきっている火種には近づくまい、火をつけまいと要心するのに、ついその要心がきれて、気がついたら、またしても恋の火の手が上がってしまうのが人の世の恋のようである。

英雄色を好むということばは、何かめざましい仕事をするくらいの活力のある男は、生命力も人並外れて豊かで、女を愛することも人並外れて情熱的にならざるを得ない、という説明のような気がするが、男と女の愛しあう心の根には種族保存の願望がひそんでいるのだから、生命力と情熱が自然に一致するのは致し方のない因果のように思われる。

芸術家などというのも、どうしても人並より多い情熱の火を保たなければ創作することが出来ないのではないかと思う。少なくとも私はそういうタイプの人間のような気がする。

人を愛する自覚、人に愛されている自覚がなくなった時、創作の泉も枯れるのではないかと恐れている。

人に愛される能力は失っても、人を愛する能力は死ぬまで保っていられるのではないかと空想してみる。けれども愛におかえしがつかないで平気でいられるようになるのは、もうすでに女失格の時ではないだろうか。

無償の愛は親の子に対する時だけかもしれない。男女の間で、無償の愛に甘んじていられるようになったら、もうそれは男と女ではなく、どちらかが肉親的になっているか、神に近づいていることだろう。

結局のところ、男女の愛はどんな体裁のいいことをいっても自己愛でないかと私は思う。

人から愛されていると打ちあけられる時、あるいは愛してほしいと真剣にせがまれる時、女は自分が花になったような目まいを覚え、失っていたと思っていた女としての自信を一挙にとり戻す。

ふいに、ある夜、電話で映画に誘われたり、音楽会に誘われたりする。断わる閑のない性急さで声が誘いから嘆願に変る。

女は電話を切ったあとで真っすぐ鏡の前に走っていき、自分の顔をつくづくと見直す。さっきまで疲れと、失意と倦怠にどす黒くよどんでいた皮膚に艶がさし、目に光が増し、唇がもう何年も昔のようにうるおっているのを発見する。

水をかけられた花のようによみがえった自分を見出して、女は茫然となる。自分の生活がもう何年も平穏と倦怠と日常的な習慣の中に埋没していたかにはじめて気づかされる。

習慣の中にはとうに新鮮な愛のことばも匂いもなくなっていたことに今更のように気づく。

空気も水も太陽も不足していたわけではないのに、なぜ花は色があせ、匂いが薄れていたのだろう。

女は鏡の中にもう忘れていた遠い昔の愛の想い出の、さまざまな場面が浮んでは消えるのを見る。

まだ新しく人に愛される匂いが残っていた自分の女のいのちを、声をあげて祝ってやりたくなる。

単調な日常のトーンが崩れる。花は時に嵐に吹きさらされた方が、花茎を強くし、花びらの色は濃くなるのだ。

やがて、鏡の中に黄昏の色が沈み、暮れた湖面のように鏡の中に紫色の靄がたち迷い、女の顔も胸も消しさってしまう。

女の過去の愛の追憶も靄の中に沈めこまれてしまう。

女はため息をついて鏡の前を離れる。

冒険をもう一度夢みる心のたかぶりの中に、この日常の平穏を守ろうとする自衛の心がしのびこむ。

新しい装い、新しい香水を選び、服の丈を仕立て直すことのわずらわしさ……。それをわずらわしいと感じる自分に、女は正真の自分の年齢を思い出す。

愛を打ちあけ、愛を需《もと》める男の怖れを知らない勇気は、男の若さのしるしではなかっただろうか。

新しい愛と冒険に身をまかすより、馴れた日常の習慣を守る方が身の安全だと、女の常識が囁きつづける。

危険の伴う恋は甘く美しいけれど、一歩誤れば断崖からつき墜とされる覚悟がいる。

愛に応じないことが、男を焦らし、求愛を長びかせ、幻の恋をいっそう美しくみせることを女の経験が知っている。

それでも、最後のチャンスに自分の生命の火を賭けてみる勇気も残っていることを、女は自分自身に納得させてみたい誘惑もある。

それは抗し難く女をそそのかしつづける。

私ならどうするだろう。

こういう似たような打ちあけ話を次々持ちこまれながら、いつも私は考える。

昔、私は、自分の今日の愛を今日相手に告げなければ、夜が眠れなかった。明日があるとも思えなかった。もし、今夜の間に自分か、相手が死ねば、この愛は永遠に日の目を見ず、宙に迷うと思うと、自分の愛がいじらしくてならなかった。

私はその夜のうちに駈けつけて男に愛を打ちあけた。打ちあけさえしたら私は気がすんで、すぐ走って帰ろうとする。しかし必ず男がその手を捕え、肩を摑んだ。

そうやって、幾度私は自分の運命を狂わせ、ひいては男の平安を破ってきたことだろう。

そしてどの愛にも必ず、灼熱の時がすぎると、空しい死灰《しかい》が残され、終りがあった。

次の愛はその死灰からよみがえるのではなく、別の土からまた芽をふいた。

私は恋をしすぎただろうか。

人を愛しすぎただろうか。

今、私は私の恋の残骸の骨のかけらを、死灰の中から拾いあげながら、自分に訊いてみる。

どの恋も悔いを伴っては思いだされない。

その時、私は、いつでも恋に燃えていたし、恋する自分に夢中だった。自分が輝いていることが自覚されたし、自分が素直で可愛い女になっていることにうなずけた。

裏切りもし、裏切られもしたが、それらの裏切りさえ、想い出となればなつかしい色合いを帯びてくる。

私はいつの恋の時も、自分より相手を愛していると信じていたし、相手が大病でもすれば、自分の命とひきかえに、相手の健康をとり戻して下さいと何かに必死に祈るのがいつものことであった。

恋の最中には、自分の恋に自己愛などあるとは夢にも疑ったことがなかった。時には本気で相手が死ねば自分も生きてはいないだろうとまで思っていた。そのくせ、いざという時、私はあっけないほどきっぱり男と縁を切ってしまう。あとで後悔するのではないかと、かえって私の決断の速さを、周囲が心配してくれるくらいだった。

縁を切る心の中に、私は自己愛を見るのである。

浄瑠璃の中の女のような、献身や捨て身の犠牲奉仕は、私の男を愛する心の中にはないと思う。男に尽くしもするし、出来ないがまんもしてみせる。しかし、最後には自分の肥料のために存分に男から栄養分を吸いとってしまっている自分に気づく。もう吸いつくす栄養分のなくなった頃、不思議に別れの時が来る。一応、男の側から問題がおこったように見える時でも、後になって冷静に考えれば、そう仕向けたのは自分自身なのだったと気づくのだ。

それ以上、さめた恋をつづけることが、徒労だと漠然と感じはじめる時、その気持は必ず相手にも反映している。どっちが早く手をあげるかが勝負なのだ。

本当のドンファンはいつの別れも女からきりださせるように仕向け、いつでも自分は女に捨てられたと周囲にも女にも思いこませるという。捨てられたという不名誉や、男の面子など問題にはしない。彼はもう充分、恋の甘さは吸いとってしまっているのだし、すでに次の恋の対象に働きかけているのだから。

私は自分のことを一度も浮気女だとか、女ドンファンだとか思ったことはない。恋はたいてい、向こうから仕向けられてきたものだったし、受けいれた時は、世の妻たちより貞淑であった。しかし、結局十年とはつづかず、短い時は半年もつづかない時もあった。

ただひとついえる事は、もういいかげん、こんな繰りかえしはやめておこうと心に誓ったその翌日、もう次の恋の気配が身辺にただよっていることである。どうしてそうなるのかわからない。おそらく、一つの恋の習慣に倦《う》んだ心が自分で気づかず、何かを期待する気配を自分から滲み出させているのだろう。

若い恋人に夢中になり、わずか五年の間に莫大な亡夫の遺産をすっからかんに吸いとられてしまった女友だちがいる。

男には妻子があり、妻は夫と彼女との関係をただ仕事上の関係だとばかり思いこんでいたというのだった。

傍から見ていると、この恋の破局はあまりにも歴然としていたし、彼女の財産目あての男にしぼりつくされているのは痛ましいほどはっきりしていたのだけれど、彼女は盲目になっていて、誰の忠告にも耳をかそうともしなかった。

かつて夫に裏切られ、傷つけられた誇りを守るために、離婚して以来、はじめて得た男であった。

「私の生涯で今ほど幸せなことはない」

と彼女は十も若がえって見える表情でいった。夫の許に残した娘が結婚したという年になっていたが、彼女はまだ充分美しく匂やかであった。

身ぐるみ裸にされて、彼女はようやく男と別れることが出来た。

思ったより明るい表情で彼女は、新しい仕事についたと報告してきた。

「兄弟からも絶縁されてしまいましたわ。でもいいんです。私この数年くらい、自分を無にして人を愛したことってないんですもの。もうすっからかんになってしまったけど、あれだけ愛し得たという思い出だけでも、残る生涯を生きていけそうですわ。でも、これであきらめてしまうつもりでもありませんのよ。この次はせめて、私の半分の情熱でもいいから男に愛される幸福を味わって死んでゆきたいものですわ」

私は男と別れてむしろ明るくさわやかになった彼女を見ながら、恋の決算書だけは、表向きの損得勘定では割りきれないものがあり、彼女は財産のすべてを失ったけれど、男から若さと、恋するエネルギーだけは吸いとってきていると見た。身を捨てて愛する能力のある者には、愛される能力も自然にさずかるのではないかと彼女の顔を見直した。


（「婦人生活」昭和四十七年七月号）

女はどう変りたがるか

もう十数年前になる。ある日、私は婦人雑誌の男性記者とふたりで、下町のある大きな綜合病院の産婦人科の手術室にいた。その病院は東京でも指折りの設備のいいモデル病院だといわれていた。私も、私の連れの記者も白い上っぱりの借着をして、深くマスクをかけ、目だけをのぞかせて手術室の片隅に息をひそめている。彼の勤めている婦人雑誌に人工中絶の手術のルポを書くことになっていて、その取材のため、これから手術をつぶさに見学しようというのである。手術室は二十畳ぐらいの広さで南向きは硝子張りになって陽光が明るくさしこんでいる。部屋の中央に、大きな盥《たらい》を伏せたようなタイル張りの円い台があり、それが南に向かって少し傾斜している。その真上に手術用の灯が白々と輝いていた。やがて浴衣を着た患者が入口から数人の医者と共に入ってきた。痩せた醜い女だった。黄色いしなびた顔は妊婦と考えるのがおかしいほど老けていた。歩きつきや浴衣の着かたで、素人の女ではないだろうと察しられた。女は手術台にのせられ、下半身をむきだしにされ、南の陽光の方に向かって股をいっぱいに開く姿勢をとらされた。女の姿勢が決ると、手術台が持ち上がり、白衣の医者たちの腹の高さになった。患者は私たちのいることに全く気づかないうち、腕に麻酔薬を注射された。女はなかなか麻酔がかからない。女がしゃがれた声でいった。

「お酒をのみますからね、前の時もなかなかきかなかったですよ」

薬が増量されまた注射された。どうにか女は意識を失っていたらしい、早速手術がはじめられた。最初、当番らしい医者が女の足許の椅子に坐り、光る器具を使いはじめた。まるで豪華メニューの料理の時のように彼の横には大小の銀色のナイフやフォークらしき物が整然と並んでいる。それを片端から使用して女の体内にさしこもうというらしい。陽と人との目にさらされた女のむきだしのほとんど陰毛もないような陰部は、猥褻感も滑稽感もないほど、ひたすら惨めでしかなかった。手術は残酷で醜い。女は麻酔が完全にはきいていないのか、痛がって、獣のような叫び声をあげたり、「痛いようっ、痛いようっ」と、子供のような哭《な》き声をあげる。ぞっとするほどたくさんいれた金歯がその度に口からのぞく。上体は動かないように台にとめられているので、首だけではげしくもがく。しかし女の意識の一部が叫んでいるだけなので、女は自分が叫んでいることも痛がっていることもわかっていないのだ。その証拠に若い医師が「うるさいなあ、この患者、もっと静かにしてくれよ」と、いいながら平手でびしゃびしゃ頬を叩いてやっても感じていない。女の手術はおびただしい血を流して行われた。胎児は切り刻まれひきちぎられたようなぼろぼろの肉片になって次々かき出されてくる。途中で、はじめて今日、手術をさせてもらえるらしい医者にちょっと交替し、また最後は最初の医者に戻る。

その間じゅう、他の数人は女の血まみれの箇所に目を注いでいる。最後に小豆大の血の玉がつらなったものがかき出された。医者はそれを目の前にかかげて見せ、「これが目だ」と説明している。手術は終った。見ていて貧血をおこしそうになった。一時間もかかったように思ったが時計を見るとわずか十五分しかたっていない。

その後、私たちは厚生省に行かなければならなかった。前々から頼んでおいた中絶のカラー映画を特別に見せてくれるというのだ。もう二人とも気分が悪くて、見たくなかったが、役所仕事なので、断わることも出来ない。

フィルムの女は、金歯の女に比べ格段の若さだった。初産婦だと説明がある。クローズアップされた女の肌は薄桃色で瑞々しくはりきっていた。さきの実物よりはるかにエロティックな局部がこれもクローズアップで映る。若くて瑞々しい肌やつややかなゆたかな陰毛であるだけにその手術の流す血の量の多さは残酷だった。鉗子が入るところも、肉がひき出されるところもクローズアップだし、さまざまな角度にカメラが動くため、まるで三十糎《センチメートル》くらい目の先でそれが行われているような気分になる。映画が終った時、私も連れの記者もすっかり血の気のない顔になっていた。その後、彼は二カ月不能になってしまったと私に告白した。

女性解放とか、男女同権とかいうことばを聞く度、私はもう十数年も以前の、この日のことが、反射的に思い出されてくる。そして私は女だけが受胎しなければならないという生理学的ハンディキャップが解放されないかぎり、本当の意味の男女同権の世界なんて来る筈がないと思うのだった。あの婦人科医の診察台の上で、屈辱的で滑稽な、この上なく不様な姿勢をとらされたことのある女なら、誰だってその瞬間、女に生れたことを呪わずにはいられなかっただろう。たとえそれが愛する男の子供を妊《みごも》った証明をして貰うため、とらされた姿勢であった場合に於てさえも。

男も子供を妊らないかぎり、男女同権などないのであり、男が子供を産むなどということは、おこり得ないのだから、女が男と共同で営むこの社会で、真に解放されるということもないだろう。私は長い間そう考えていた。同時に、そう遠くない過去のある日まで、私は、いくら科学が進歩してみても、男と女の間では何千年も昔から同じことをしつづけていて、性交の方法もバリエーションも大して変っているとは見えない、この調子なら、あとまた二千年位は男と女は同じことを繰りかえしていくのだろうくらいに考えていた。そして相も変らず千年一日の如く、男と女は愛しあったり裏切ったり、許すだの、許さないだのといいながら、からみあって生きつづけるのだろうと考えていた。

しかし最近になって、私のそういう考え方自体がすでに時代遅れの旧《ふる》くさいものなのだということに気づいてきたのだ。

最近、男の学生たちの中に伍して、勇敢に学生運動に飛び込み、ゲバ学生とスクラム組み、石を投げ、火炎ビンを投げ、バリケードに籠る女子学生は、機動隊になぐられ、ジュラルミンの楯でこづかれ、蹴られ、踏まれ、全身傷だらけになって投獄されても屈しない。彼女たちは誰も、自分が女子学生のために、女子学生として闘っているとは考えていない。彼女たちは自分は学生であって、女子学生と特に呼ばれるのが不思議だという。

彼女たちは女性解放とか婦人問題研究とかいうことばを不思議だという。人間の問題ならわかるというのだ。女性解放ということばのひびきの中に、女性自身のコムプレックスがこもっているようでいやだ。現代は男だって解放されていない。人間解放がなされた時、女性解放もはじめて行われるという。そして彼女たちは青鞜社の人たちもふくめて、女性解放を叫んできた人たちは、何だか肩肘張って男につっかかっているようでカッコ悪いと批判する。

そして彼女たちは、いっしょに闘っている男の学生と、闘争の昂揚期の感激にまかせて、その歓びを軀をうちつけあってわかつため、自分から身を投げだして性の初体験を経て後悔しない。と同時に、闘争がゆきづまり、消耗しきっている時、仲間の男の学生と「ヤックスして支えてやる」という。そのどちらの場合もそのことで男にのめりこんだり、同棲に持ちこしたりしない。

彼女たちと座談会に出席した医者から聞いたことがある。

「畳のある部屋で会はあったんですがね、愕《おどろ》いたことに入ってきた彼女たちが、いっせいにきちんと坐って、手をついてお辞儀したんですよ。みんな可愛い顔して、そのお辞儀をみたら、家で躾よく育てられたんだなあと思わざるを得ないんです。ところが、座談会となると、凄く戦闘的で男の子よりいきがいい。会が終って、くつろいだ話になったら、先生の所は学割はいくらで手術してくれるんですかという。中絶の費用のことなんです。冗談にきみたちなら三割でいいよというと、五人いた彼女たちがいっせいに、あっ、じゃ今度お願い、今までせいぜい二割引きなんだものというんです。小笠原式お辞儀と学割が不思議に彼女たちの中でとけあっていましてねえ」

彼女たちのように学生運動に没頭していない、見るからにおとなしい一見、古典的女子大生の感じのする学生たちがテレビの結婚特集に十人余り招かれたことがあった。

そういう女子学生でも、その時、司会のアナウンサーが、結婚をどう思うかと訊くと「人間として成長していく過程のひとつの現象であって、特に結婚したいと思わない」と口を揃えていい、「どちらかといえば結婚しないで自分の子供を産み、自分で育てた方がいい」と答えた。

彼女たちの口調や表情は、わざとらしさがなく、当然のことをいっているという自然なもので、そのけろりとした感じはそれを聞いた時、傍聴席に並んでいる彼女たちの母や叔母の年代に近い主婦たちの間から期せずしてわきおこったため息や小声の非難のざわめきと対照的だった。しかし、ため息や非難がましい嘆声で彼女たちを批判した傍聴席の主婦たちの何十パーセントかが、夫の目をかすめて、姦通しているとしたら……男たちは、特に夫族はそういう話を頭から馬鹿にして信じないけれど、女たちだけの場合の主婦たちの打ちあけ話を盗み聞きしてみるといい。少なくとも私の所にあらわれる主婦たち又は便りをよこす未知の主婦たちの十人のうち七人までは、夫以外の男と性的交渉の経験を持つ。残りの三人にしても、ただ、チャンスがないだけで、そういうチャンスが与えられたらおそらく、自分も経験するだろうと告白している。これだけは戦前と明らかにちがう点で、更に、彼女たちの告白を聞くと、

「自分でもあきれるくらい罪の意識がない。どうってこともなかった」

といい、夫に打ちあけたりほのめかす気持など毛頭抱いていないという。彼女たちはほとんど戦前の良妻賢母教育を受け、貞操と純潔を女の美徳の最高のものとして躾けられてきた世代なのだ。

婚外交渉を持ったことで、彼女たちはむしろ、人生の視野が広まり、人間の不確かさがわかり、人間の弱さ、いじらしさに目が開けたと口を合せたようにいう。だからといって、夫や家庭を捨てようなどという女はほとんどいない。口をぬぐって、これまで通り家庭の妻として母としての役割をつとめていく。

こういう話を全くでたらめの誇大なつくり話だと否定して耳をかさない男たちも多いが、一度でも町で見知らぬ女に声をかけ、成功した経験のある男たちは、即座にうなずきかえす。

戦後二十五年を迎える一九七〇年に、女が確かに掌中に握ったものは、性の解放だけではないだろうか。つい先頃も、人妻の売春が摘発されて世間を愕かせた。しかし、あれはその一角がたまたま網にかかったにすぎないのであって、波にかくれた部分は想像

以上に海中深く根をひろげている。女性の性道徳が堕落したとか、貞操観念が失墜したとかと、今更騒いでも追いつかない。これからも益々女は自由に性の冒険を試み、その手際は年と共にスマートになっていくだろう。幸か不幸か、日本にはキリスト教の伝統がなく、人工中絶は一分間に一人の割合で合法的に行われている。アメリカではすでに日常化している経口避妊薬の発売が、やがて許可されるのも時間の問題だろう。

今ではまだ、処女膜再生の手術が結構患者を招いている。患者は、婚約が整った素人の娘が母につれられてくるか、売春を目的とするホステスや色町の女性が圧倒的だという。彼女たちはまだ処女膜を買いとりたがる封建的な男の自尊心を利用して、安い手術料で買った処女膜を高価に売りつけるという割のいい取引をしようとたくらんでいるにすぎない。処女膜に対する郷愁は、今や女のものではなく、旧態依然の亭主関白を夢みる男たちに残された尾骶骨のようなものである。

しかし近い将来に於て、処女膜へのこんな男たちの郷愁は断ち切られ、こうした手術が存在したという話は、ちょうど私たちがちょんまげについて語り聞かされるような感覚で、私たちの孫たちに昔語りされるだろう。

なぜなら、男たちも内心では、もう処女性の神話など信じているわけではなく、信じていないからこそ覚える郷愁なのだから、その無意味さに気づく筈である。

少なくとも戦後は、姦通罪と処女礼賛の誤った神話からこの国の女を解き放ってくれた。

とはいうものの、明治以後、私たちの勇敢な先駆者たちが身を挺して開拓しようとしてきた女性解放思想や男女同権の運動の究極の目的、あるいはその思想の母体となっているフェミニズムの思想の本質というものは、現在の、こういう性の解放だけを夢みていたものではなかった筈である。

我が国では、明治に入って、福田英子が先ず立ち上がり、それまで男性中心の社会の中で圧迫されていた女権を主張しはじめたのが、フェミニズムが根づこうとした最初の芽ばえで、管野須賀子が刑死と引かえに、社会主義革命の中にその発展を夢みたものを、平塚らいてうが青鞜社運動でロマンティシズムの系譜の一つのイデオロギーとして昇華させた。伊藤野枝がそれを受けつぎ、野枝はアナキズムにフェミニズムを結びつけ、身を以て、短い生涯にそれを自分の生き方で完成してみせた。

これ等数人の我が国の女性解放運動の先駆者たちは、外国の女性解放運動の闘士たちと比較してみて、決してひけをとる人々ではない。

彼女たちが受けた教育や、彼女たちが置かれていた因習的な社会環境のことを考えたら、よくもあれだけの発言をし、あれだけの行動と実践が出来たものだと、深い敬意を感じるしかない。

それは、現代のゲバ学生たちが、簡単に、肩肘張ってカッコよくないなどと批判してすませるものではなかった。

彼女たちの中で最もブルジョワ的でお嬢さん的だったらいてうでさえ、大逆事件後間もなく、男たちでさえ萎縮しきっていたあの暗い時代に、敢然とフェミニズムの狼火をあげ、「元始、女性は太陽であった」と叫んだことは、むしろ、まことに颯爽としたカッコイイ行動だったのである。

福田英子の「妾《わらわ》の半生涯」、管野須賀子の「死出の道艸」、らいてうが青鞜に書いた諸論文、野枝の残した三千枚近い原稿を読み直す時、そのたどたどしい文章にかかわらず、彼女たちの生命力の激しさと説得力の強さに撃たれずにはいられない。

彼女たちのうち、らいてうはともかくとして、他の三人は当時の社会感覚や道徳に屈従せず、自己の直感と信念と愛に従って、世間の非難を一身に受けながら、何度も敢然と男を選び直している。彼女たちにとっては、恋愛も結婚も、自分を成長させる肥料でないものは認めなかった。

そして、何よりも彼女たちが、秀れた先覚者たちだったということは、五十年、六十年後の未来を女の社会的立場を正確に予感して、予言していた点である。

現在の学生運動に熱心な血の気の多い女子学生たちは、ローザ・ルクセンブルクや、シモーヌ・ベイユは愛読するが、管野須賀子や伊藤野枝や金子文子については殆んど読んでいない。彼女たちの闘争記録や、獄中記や、遺稿を読むと、その素朴さや、純情さや、熱情が、五十年前の彼女たちの先覚者の悩みや理想に、あまり似通っているのでむしろ愕かされる。そして、現在の彼女たちの真摯さに撃たれる以上に、五十年前の先覚者たちの先見の鋭さや、時代を超越していた新しさに改めて深い愕きを抱かせられる。

ということは、彼女たちの生きた五十年前と五十年後の現代では、女は選挙権も得たし、婦人代議士も出したし、職業でも五十年前に比べたら、信じられないくらい広い範囲の、あらゆる分野に席を獲得するようになっている。にもかかわらず、女が自分たちの置かれた状況について書き、女の運命について書く時、何と五十年前の彼女たちの書いたものと似ていることだろう。

管野須賀子は大逆事件の判決のあった日のことを獄中日記「死出の道艸」の中に書いている。

明治四十四年一月十八日　曇

「死刑は元より覚悟の私、只廿五人の相被告中幾人を助け得られ様かと、夫のみ日夜案じ暮した体を、檻車に運ばれたは正午前、薄日さす都の道筋に、帯剣の人の厳かに警戒せる様が、檻車の窓越しに見えるのも、何となう此裁判の結果を語って居る様に案じられるので、私は午後一時の開廷を一刻千秋の思いで待った。時は来た。（略）鶴裁判長は口を開いて二三の注意を与えた後、主文を後廻しにして、幾度か洋盃の水に咽喉を潤しながら、長い判決文を読下した。

読む程に聞く程に、無罪と信じて居た者まで、強いて七十三条に結びつけ様とする、無法極まるこじつけが、益々甚だしく成って来るので、私の不安は海嘯《かいしょう》の様に刻々に胸の内に広がって行くのであったが、夫でも刑の適用に進むまでは、若しやに惹かされて（略）噫《ああ》、終に万事休す矣。新田の十一年、新村善兵衛の八年を除く他の廿四人は凡て悉く之れ死刑！（略）噫、気の毒なる友よ。同志よ。彼等の大半は私共五六人の為めに、此不幸な巻添にせられたのである。（略）

噫。神聖なる裁判よ。公平なる判決よ。日本政府よ。東洋の文明国よ。行え、縦ままの暴虐を。為せ、無法なる残虐を。殷鑑遠からず赤旗事件にあり。此暴横、無法なる裁判の結果は果して如何？　記憶せよ、我同志！　世界の同志！　（略）突然編笠は私の頭に乗せられた。入廷の逆順に私が第一に退廷させられるのである。私は立上った。噫、我が友、再び相見る機会の無い我が友、同じ絞首台に上さるる我が友よ。廿五人の犠牲者よ、さらば！」

昭和四十四年（一九六九年）四月二十二日逮捕された東大闘争の女子学生、ゲバルト・ローザの名で知られた柏崎千枝子は「太陽と嵐と自由を」の中で書いている。

〈四月二十四日〉逮捕されて二日め。きょうは霞ヶ関の地検で取り調べ。朝食を終るとすぐに護送車に乗せられ、いくつかの警察を回り、九時すぎに地検着。途中の警察で車に乗せられる「被疑者」を監視に来ている刑事の目つきが、人間のものとも思われないいやらしさに満ちていることにぞっとする。（略）町を一般の車両といっしょに走り、交差点の手前でバスなどと並ぶときは、もっといやな思いをしなければならなかった。バスに乗っている人間がみな一様に顔に侮蔑と、かすかな誇りの色を浮べて、こちらをジロジロながめるのだ。自分たちはあいつらよりはましだとでも思ってほっと安堵でもしているかのように。他との比較のうえにしか自己の誇りも尊厳ももちえない哀れな人々。そこに、私は自分が手錠につながれているより、はるかに深い隷属を感じた。

「そうなのだ。手錠はわれわれの精神が自由であり、何物にも束縛されていないからこそ、はめられているのであり、彼らにはそれをはめる必要がないからはめていないにすぎないのだ」

ここにおいてもまた、目に見える現象と事柄の本質とは、完全に逆転していた。警察において監視している人間が、実はその思想を精神を「囚人」によって監視されており、裁判所で裁いている人間が逆に人民によって、歴史によって裁かれているのと同様に。私はこんなことを、たった三十分の取調べのために、朝の九時から夕方の五時過ぎまで、実に八時間にわたって背のない椅子にポツンとすわらされ、話をすることも何もかも一切禁じられている（驚くでしょう）地検の監視室で考えていた。

〈五月三日〉きょうは人を小ばかにした「憲法記念日」。（略）窃盗でつかまり起訴されたおばあさんは、夫と息子を戦争で奪われ、何年も赤貧洗うがごとくの生活をしたあと、親類にも見放されて食べるに困り、パン一つをとったのが最初だったと言う。だれがこのおばあさんを牢屋にぶち込めるのか。彼女の夫と息子を殺した張本人の天皇も岸信介も殺人罪で起訴されるどころかぬくぬくと生活しているのではないか。

（略）

獄中に捕われている女の手記の憤りや気迫や自負心があまりにも似ているところから、

女の社会的状況も解放も半世紀の間全く進んでいないと見るのは早計である。「死出の道艸」は、須賀子が処刑された後、三十年間政府によってかくされ、陽の目を見なかったものであり、千枝子の手記は、彼女が獄中にいる間に出版されている。やはり半世紀前の須賀子の死は犬死ではなかったのであり、彼女は後から来る同性のために女革命家としての新しい道をひとつ切り開いていたのである。

あらゆる女性論は既に出つくしている。それにもかかわらず、女性についての研究書は、今尚、世界各国でおびただしく連日のように発行されている。ちなみに我が国の国会図書館で、女性に関する研究書物の索引をノートに写しとってみたら、たちまち一日は暮れてしまう。曰、「女性の歴史」「婦人問題」「新しい女性」「未来の女性」「女性解放の思想」「世界女性解放史」「女性の危機」「主婦論」「女性問題と女性の運命」「女性と職業」「婦人運動史年表」等々……として尽きるところがない。更にその上に結婚と性についても女性問題として収拾していくと、書名を写しとるだけでも、二、三日がすぎてしまいそうである。

これほどのおびただしい女性論は、果たして誰の為に書かれるのだろうかという疑問にとらわれてくる。これらの真面目な綿密な学問的研究書と並行して、所謂「おんな」に関する興味本位の好色的書物が更にこれらの何倍か年々に発行されてもいる。

人類が男と女に二分される以上、女についての書物がいくら書かれても不思議はないものの、男性についての研究書や男性論や、所謂「おとこ」に関する興味本位の好色本は前者に比して、比較にならないほど少ない。このパーセンテージをみつめていると、やはり、男イコール人間というように、女イコール人間ではなく、女はまだ人間の中の女という者という呼び方が聞こえてくるような気がする。

これらの女性論の優れた物は、各時代のごく稀な優れた女性の手になって、今は古典としての価値を持っている。

彼女たちの女性論の殆んどは、男性の支配下に置かれた女性の復権への熱烈な願望と、男性への攻撃、あるいはそういう位置に女性をおとしめた社会の構造への怒りと挑戦に貫かれている。と同時に、女性の書いた女性論は、無自覚な女性たち、男の支配下にあって、男の従属物としての立場に甘んじ、大して不平も不満も感じていない同性たちの無知に対する苛立たしさと怒りがこめられている。

彼女たちは、同性に向かって警鐘を打ち鳴らし、女性の復権のために団結しようと呼びかける。しかしこの効果が一向に上がらず、彼女たちの努力が努力にみあう実を結ばず、相変らず繰りかえし、こういう書物が出版されつづけるというのは、どこにどんな罠があるのだろうか。

大多数の女性たちは、果たして、女と生れたわが身の運命を、これらの書物にあばかれているように、非常な不都合と受けとり、悲惨だと感じとっているのだろうか。

いつの時代も、ごく少数の女性が、自分の体験や、学問や、宗教を通して女性の歴史と立場について考察し、女性の未来について予言したがる。その傍ら、ほとんどの女性たちは、彼女たちの説にそっぽを向き、むしろ男によって書かれた興味本位の告白的女性論とか、女に関する××章などという本を読みたがる。それらの中には、男が女に対して何を需《もと》め、何を嫌い、何を魅力に感じるかということが、内緒話的に洩らされているからだ。彼女たちは同性が解明してみせる未来社会のあるべき女の理想像よりは、同時代に生きている男の愛玩用としての愛らしい女の全貌を興味を持って知りたがる。

女が同性のために、女性論を書くくらい、虚しい作業はないのではないか。ニーチェも言っている。「女性については男性だけが話すべきである」と。ただし、男にとっても女性の書いた女性論くらい読むに耐えないものはないらしい、フェミニズムの伝統の根づかない日本に於ては殊にその傾向は強い。私はボーヴォワールを「第二の性」の著者というだけで、顔を歪めて毛嫌いしてみせた文学評論も書く日本の大学教授に逢ったことがある。

同性があてにならず、異性にも爪弾きされるような女性論、しかももう出尽した感じのある女性論や解放論は、今更、必要ないだろうか。

戦後二十五年の歳月の速さは過去のどの時代にもあてはまらない。好むと好まざるにかかわらず、私たちはあらゆる面で変動の渦中に投げこまれている。

宇宙船に女が乗りこみ、月の処女性が犯された今、女性の解放という意味も従来のものではもはや間尺があわなくなっているのではないか。

女が元始、太陽であろうと月であろうと、そういうロマンティックな謳い方による自讃がそもそもナンセンスになってしまった。しかし、平塚らいてうが、青鞜社規則の第一条に、他日女性の天才を産むを目的とすると挙げた意図は、半世紀後の今もまだ時代遅れではない。

「自由解放！　女性の自由解放という声は随分久しい以前から私共の耳辺にざわめいている。併しそれが何だろう。（略）只外界の圧迫や、拘束から脱せしめ、所謂高等教育を授け、広く一般の職業に就かせ、参政権をも与え、家庭と云う小天地から、親と云い、夫と云う保護者の手から離れて所謂独立の生活をさせたからとてそれが何で私共女性の自由解放であろう。成程それも真の自由解放の域に達せしめるによき境遇と機会とを与えるものかも知れない。併し到底方便である。手段である。目的ではない。理想ではない。」（「青鞜」一号）

といったらいてうは、

「然らば私の希《ねが》う真の自由解放とは何だろう、云う迄もなく潜める天才を、偉大なる潜在能力を十二分に発揮させることに外ならぬ。」

と、女の才能の可能性の顕示、拡張、こそ真の解放だと旗印にかかげた。その目的を達するためには、発展の妨害となるあらゆるものを先ず取り除かねばならぬ。外的の圧迫、智識の不足、そういうすべてのものにもまして、女性が女性の才能発展の敵になるのは本人、自身であると観る。らいてうのこの直観は正しい。しかし「我そのもの、天才の所有者、天才の宿れる宮なる我そのもの」という美文で描く、自己自身との闘いの方法はといえば、「所謂無我にならねばならぬ。(無我とは自己拡大の極致である)」という神秘主義的な宗教用語でごまかしてしまったところがらいてうの甘さと弱さであった。

その認識のしかたは、同じ号の開巻に与謝野晶子が「青鞜」発刊を祝して掲げた、有名な「山の動く日来る……」に始まる「そぞろごと」という詩の中の、

○

一人称にてのみ物書かばや。

われは女《おなご》ぞ。

一人称にてのみ物書かばや。

われは。われは。

○

「鞭を忘るな」と
ツアラツストラは云いけり。

女こそ牛なれ、また羊なれ。

附け足して我は云わまし。

「野に放てよ」

といったような、女性としての自己認識よりは、はるかに越えている。らいてうがこの時、自分の内なる「潜める天才」を信じることによって「天才に対する不断の叫声と、渇望と最終の本能とによって、祈禱に熱中し、精神を集注し、以て我を忘れ」たりしないで、冷静に自己の内なる女を凝視し、本当に自分が闘うべき敵の正体を発見していたら、「青鞜」はもっとちがった発展をとげていたかもしれない。しかし、その時、伊藤野枝という、稀有な個性は生れていたかどうか。らいてうがあの当時、女としては相当な教養を身につけ、思索型の女だったにかかわらず、三つ年下の青年奥村博史との恋愛に足をすくわれ、所謂「若い燕」という新語をジャーナリズムに残して、愛の生活に入り、「青鞜」から身をひいてしまったのは、日本の女性解放史の中ではかえすがえすも惜しい成り行きだった。

「青鞜」は福田英子の「婦人問題の解決」という論文を載せ、大正二年二月号は直ちに発禁になっている。福田英子はこの中で、

「絶対的の解放とは婦人としての解放ではなく『人』としての解放であります」と云っている。そして英子は真の人の解放は徹底した共産制が行われぬうちは望めないと結んだ。しかし、らいてうは社会主義には興味を示さず、むしろ、女子大時代から心秘かに出家を想い描いていたような女だったのでむしろ思想は穏健だった。因習や手垢のついた道徳には激しい反抗をみせたが、結局はエレン・ケイの思想に自分を統一させていった。

らいてうが博史と同棲する時、「青鞜」(大正三年一月号) に発表した「独立するに当って両親へ」と題した公開状は、「新しい女」の「結婚観」がはっきり打ち出されてユニークであるし、面白いのは半世紀後の現在、ミニスカートの少女たちが口にし、実行しているフリーラブの言い方と酷似している。彼女はこの中で、現行の結婚制度に不満な以上、旧来の結婚制度に従い、そんな法律に認められるような結婚は望まない。愛しあう男女が一つ家に同棲するほど当然のことはなく、その実行の前には形式など何もいらない、と見得をきっている。更に結婚によって、夫の親を自分の親として義務犠牲を強いられるのは、不自然で不都合だとも宣言する。この時限に於けるらいてうの子供に関しての考えは「それから子供のことですが、私共は今の場合(先へ行ってどうなるかそれは今の私にはまだわかりません) 子供を造ろうとは思っていません。自己を重んじ、自己の仕事に生きているものは、そう無闇に子供を産むものではないということを御承知頂きたいと思います。実際、私には今のところ子供が欲しいとか、母になりたいとかいうような欲望は殆んどありませんし、Hはまだ独立もしていませんから、世間一般の考えから云っても子供を造る資格がありません――」

というものだった。そのらいてうが、二年後には、博史との同棲生活の中で妊娠し、子供に対する考え方の変化を認めている。「青鞜」(大正四年九月号) 第四周年記念号の「巻頭論文」は、「青鞜」を野枝に譲渡した後でのらいてうの、はじめての、堂々とした論文で、「青鞜」に載せた彼女の論文の中で、最も「女性解放」問題の要となる重要な論旨である。それは「青鞜」に載せた野枝の避妊や堕胎に対する意見を読み、野枝への公開状の形で発表された論文で「個人としての生活と性としての生活との間の争闘に就いて（野枝さんに）」と長い題がつけられている。

これは同人の原田皐月が、「青鞜」（大正四年六月号）に堕胎を主題にした小説を書き、それが発禁になったという事件を前提とする。野枝はこの小説の感想を同じ「青鞜」六月号に、野上弥生子への私信という形で発表した。この二つの文章を比べると、らいてうと野枝という、二人の優れた女の個性の特徴が実によくあらわれていて、その後の二人のたどった人生の歩み方の根もここにあることがうなずける。

原田皐月の小説は、罪悪だと決められている堕胎も、罪ではないのではないかという一つの考え方を問題提起していた。野枝はこの時、辻潤との結婚生活で長男の一《まこと》を満十八歳の時生んでいて、更に二人めの子供を妊り、九州の実家へお産に帰っている時だった。

野枝は避妊は認めるけれど、堕胎は不自然だ。すでに生れた「いのち」を殺すのは良心のいたみを感じる。長い未来を持つ「いのちの芽」には心から尊敬を持って大切にしたいと、全面的に反対している。ナイーブだがいきいきした野枝の文章は、内容とも相俟って、如何にも野枝の生命力にみちみちた若さと純真さと、人間への信頼感があふれている。こういう感情を持って子供を産むことが好きだった野枝が、後、大杉栄との恋愛のため、この二人の子供を捨てるようになる。否、捨てる運命を選びとったというところに、らいてうとの岐《わか》れ道がある。野枝はこの文章で辻潤に、妊娠した時、こんな貧乏で子供を産むのは厭だといったら、辻潤は「こんな生活に堪えられないような抵抗力のない子供ならば生れてくる筈はない」と励まし、野枝は、本当にそうだ、と思い、平静に子供を産むことが出来たといっている。更にこの二人めの子供を妊っている時、野枝の前には大杉栄が出現していて、恋が生じていた。はじめの一を妊娠中も六カ月のおなかで木村荘太と熱烈な恋愛をしている。野枝は妊娠するといっそう生命力が横溢して恋愛感情まで高まる体質だったらしい。二十八年の短い生涯に、十八の年から七人の子供を、ほとんど年子で産みつづけている。大した生命力の持主だったし、根底には彼女自身自覚していたかどうかわからないが、生命肯定の、岡本かの子のいのち哲学のようなものがひそんでいたのかもしれない。

「皐月さんがおっしゃるように一と月のうちにでももどの位無数の卵細胞が無駄になっているかしれないうちから、その一つが生命を与えられたということだけでも私たちの目に見えない微妙な何物かを持っている与えられたこの命にまつわる運命というものを思います。その運命がどう開けてゆくかはまえにもいいましたように誰にもわからないのですものね、それを、その生命を不自然な方法で殺すということは私ならば良心のいたみを感じます。あなたはどうお思いになって？　皐月さんは自分の腕一本切ったのと同じだとおっしゃっています。腕は別に、独立した生命をもちません、人間の体についてはじめて価値のあるものですものね、それを切り離したといって法律の制裁をうけることはすこしもないのです。（略）ところが腕を一本他人のを切って御覧なさい、それこそ大変ですわ、すぐ刑事問題になるでしょう。それと同じですわ。たとえ、お腹を借りていたって、別に生命をもっているのですもの、未来をもった一人の人の生命をとるのと少しもちがわないと私は思っています。（略）」（「青鞜」大正四年）

らいてうは、この野枝の文章に対し、自分の妊娠したことをつげ、自分は皐月や野枝のように経済的理由から親となる資格がないというのではなく、自分の内の「性」としての女の生活、種族に対する女の天職と、「個人」としての自分の生活との矛盾衝突に悩み、親となる自信がなかったと述べている。野枝が避妊を認め堕胎を罪悪だと極めつけている論旨には人を納得させる根拠がなく、感情論や常識論を出ていないと批判している。

「――有害でない方法によって行われる避妊なら、寧ろ知力の進歩した文明人の特権であり、義務であるとさえ考えて居ます。そして私もまた或時は避妊の実行者でした。然るに何事でしょう。避妊ということを主観的に見た私の感情は、私の内的な実感はこれとは全然相容れないものがあるのです。といっても罪悪感ではありません。併し実際にあたって瞬間的に感ずる烈しい醜悪の感です」

デリケートならいてうは、避妊を行う自分を見る冷静な自分の目に耐え難かったのであろう。

らいてうは知的な解放された女が思慮と理性を以て、自己の芸術生活のため、或科学的研究のため、または社会事業のために、落ちついて冷静に避妊したり、堕胎することは罪悪とは断定し難いといいきっている。

「──併し、あなたのこの堕胎否定説若しくは罪悪説を何のしっかりした根拠のない、ほんの其場の御意見として左程の価値も置き得ない私も、あなたが皐月さんのあの、堕胎肯定説に何が何でも反対せずにはいられなかったその止みがたい強い感情は十分に認めて居ります。そしてその感情のよって来るところはあなたが仰有るようなそんな不自然だからとか、生命を侮辱しているからだとかいうようなものではなく、実はあなたの半ば無意識な本能的な母としての子に対する烈しい愛情そのものの現われだということを私は見逃すことが出来ません。──なお其外にあなた自身の反省をまだ経ていない因習的な一般道徳感情も含まれているように思われます」

と、手きびしいが正確な批判と洞察を行っている。更にらいてうの論旨は、法律が堕胎を犯罪とするならば、国家は同時に、母と子供を保護する法律をも有つべきであり、育児院や養育院の設備も完全にすべきだと発展する。

しかし妊娠したらいてうは全く予測しなかった自分の新しい心情を発見した。それは母になりたいという自然の母性本能であり、愛の完成としての子供を得たいという女の本能であった。らいてうは時も時、エレン・ケイにめぐりあう。エレン・ケイの思想は、それまでの女性解放論者の女は家庭の雑務から離れないかぎり自由も解放も得られないという説に反対し、母を再び家庭の中につれ戻し、愛の生活の中に、就中《なかんずく》、母としての生活に調和と幸福を認めようとする説であった。

一方、野枝は、この頃すでに辻潤に教えられて、エンマ・ゴールドマンと宿命的な出逢いをしていた。辻潤にほとんど訳してもらって、エンマの「婦人解放の悲劇」を「青鞜」に載せてもいた。エレン・ケイが良家の子女で、上品に、女性の解放をとなえながらも、おだやかな女の特性を失わず、男女平等論を夢みるのに対し、野枝はエンマが、入獄と亡命の繰りかえしの中で、無政府主義思想の実践のため、激しく「生きた」ことに強い魅力を感じたのだ。

野枝の情熱と行動力が、エンマのそれに、同じ血のつながりを嗅ぎとったのである。エレン・ケイと結びついたらいてうが博史との愛にとじこもり、やがてすっかり家庭的幸福の中に埋没していったのに対し、野枝は、二人めの子供を産んで身軽になると、大杉栄との恋にはしり、子供と夫を捨ててしまった。つれて出た次男も、早く里子に手放して、それっきり、自分の手許には引きとっていない。二人めの子供を産んだ時、彼女はまだ二十歳の若さだった。

二十歳の野枝が二十六歳になった時、この当時のことを「成長が生んだ私の恋愛破綻」という文章を発表し、その中で、
自分は子供を見棄て、男に走ったということで、世間から手ひどい非難をうけたが後悔はしていない。辻潤とは別れるべくして別れたので、自分は信念によって行動したのだ。子供は成長した時、自分の行動を理解してくれるだろう。よしんば理解してくれな

かったとしても仕方がない。子供は子供で自分の生活を持っている筈だ。万一、子供から将来恨まれることがあっても、子供の犠牲になり、自分を殺した生活を無意味に送り、将来子供の過重な荷厄介になるよりはるかにましだ。自分はどんな悪名を被せられようと、正しく生きたことを喜んでいる、といい切っている。

　これから二年後、関東大震災の日に、野枝は大杉と共に甘粕大尉に虐殺され二十八年の短い生涯をとじたが、その五カ月前、「自己を生かす事の幸福」という文章の中で、大杉がいつ官憲に拉《つ》れ去られるかわからない不安な生活の中の覚悟をのべ、

「どんなに保護されている命でも、失くなるときには遠慮なく失くなります。見舞いそうもない偶然のお見舞いを受けて死ぬ事があります」

と、まるで自分の死を予言したようなことをいい、

「私ももう少し若かった、まだ少女時代の夢が半分残っていた頃には、恋愛を本当に人生の第一義的なものにまつり上げていました。本当に立派な愛のためにはすべての自己を捧げつくすべきだと考えておりました。けれども間もなく私は、人間がそんな事で満足して生きて行けるものでないという事が分りました。いかに愛し合い、いかに信じ合って、一つの生活を営んでいても、要するに、二人の別な人間だという事実、その二人が各自に自分を生かそうとする努力を長く愛のために犠牲にして、幸福をとらえておく事は出来ぬという事を知りました。人間の本当の幸福は、決して他人から与えられるものではありません。自己を生かすことによって得られる幸福が本当のものだと私は思い

ます」

というまでに成長していた。

大杉の妻堀保子や、愛人の神近市子を蹴落して恋の勝利を握った野枝が、自分の幸福を、愛する男によって与えられたものとは認めず、その愛を選びとった自分の生き方に認めている点に、野枝の本当の成長があり、野枝こそ、解放された新しい女となり得ていたことを知る。

「安逸なその日を無事に送れる幸福を願うのが、本当の幸福だと信ずることが出来ないのです。平凡な幸福に浸り、それに執着するのは恥しいことです」

といった野枝とは対象的にらいてうは博史との結婚生活を完《まっと》うし、子供も何人か産み、今もまだ健在である。かつての新しい女、野枝を成長させる温床となった「青鞜」の生みの人としては何というおだやかな生涯だっただろう。

野枝が今、半世紀を経て、管野須賀子が思い出された以上に、若い学生たちの間で愛され、幻の恋人という名まで奉られているという現象は、偶然ではない。五十年前原田皐月の堕胎小説を載せただけで、風俗壊乱のかどで「青鞜」が発禁になったことを思えば、一分間一人の割合で行われている人工中絶が合法的に認められている現代の日本を生き残ったらいてうはどう見ているだろうか。

ボーヴォワールと同じ思想的立場に立って、「未来の女性」という女性論を書いたエヴリーヌ・スュルロは、牧師で精神科医の父を持ち、二十一歳で結婚、四人の子の母だが、産児制限に関心を寄せ、フランスで初の「家族計画」運動を組織した。彼女の「未来の女性」という著書の中には科学が母親というイメージを変革する時代がすでに来ていることを示し、数々の愕くべき出産に関する可能性をあげている。

「われわれの世代は、性がしだいに機能的な役割を免ぜられる時代に向っている。性はますます個人的、文化的な事がらになり、高次な複雑さを担うようになる」

と述べ、将来生殖と性欲はしだいに分離していくと見ている。

すでにノーベル賞受賞者、ミュラー博士の主宰する「ジェルミナル・チョイス・ファウンデーション」(遺伝的選択のための財団)が出来ていて、ここでは、さまざまな著名人のえり抜きの精子が集められ、冷凍して保存され、その精子は与え主の死後二十年たてば希望者に供給されるシステムだという。男たちの生命は死後何十年もたって、もう一度、生きのびるか、捨てられ死ぬかの運命に逢うわけだ。しかもそれが女の選択にまかされる。

更に彼女は、女子学生たちに、彼女が妊娠したら、妊娠四週間めごろ、胎児を体外に取り出し、八カ月後にその「完成品」を受け取りに戻ってくる前提で、胎児を完全な計算された環境の実験室の試験管の中で育ててもらうことができるといわれた場合、この可能性を受け入れるか拒否するかと訊いた時、娘たちの三分の二が、出来ればそうすると答えたと記している。

スュルロの「未来の女性」の書かれた後、今ではもう試験管ベイビィも誕生しており、核のとりかえをしたクローン人間までつくられる世の中になってきた。科学は、受胎の神秘や、母性の神聖という神話をこうして一日一日はぎとっていく現状である。

五十年前、私たちの先駆者たちが悩み論争し、法的に罰せられたりした堕胎の問題も、こうなれば論争の対象にならない。人工栄養があらわれた時、無痛分娩が提唱されはじめた時、そして人工受精が採用され、試験管ベイビィが生れた時、必ず、保守的な女たちは躍起になって反対した。彼女たちの言い分はいつでも決まっている。「そんなこと赤ちゃんに悪いだろう」。「人間性を冒瀆」。または切り札の「神様にそむく」だ。けれども、今では人工栄養が、母乳よりはるかに確実に赤ん坊の成長を扶《たす》けているし、無痛分娩は、若い母親は当然として望むし、人工受精は、不幸な子のない女を何人幸福にしたかしれない。今は子供が産めないから離婚されるなどという心配もなくなったのだ。あの生命力の権化のような産みたがりやの野枝がまだ生きていて、この科学が母性の運命をゆさぶる時代にめぐりあわせていたら、何というだろうかと思わずにいられない。そしてまたあれほど閑も与えず愛する女を妊《はら》ませつづけたフリーラブ主唱の大杉栄が生きていたら、どうするだろうか。自分の精子を選ばれたものとして冷凍させ、十人、二十人の野枝に同時に自分の子供を産ませたかもしれないという想像さえ出来る。

野枝は死ぬ直前には、女はもっと、センチメンタルを捨て、理性的にならなければならないと力説していた。しかし、愛する男の子を産む喜びについては触れていないし、産みすぎたとも一度も後悔していない。

ボーヴォワールをはじめ、マーガレット・ミード、ベティ・フリーダン、それにスュルロ等の女性たちが、今では従来のフロイドに定義づけられた、バギナ的女性という通念、女に関する通俗的イメージを破壊する仕事と取り組んでいる。彼女たちの論文は必ず、女の母性について論及し、女が女に生れた肉体の宿命を宿命としないで克服した時、真の女の解放がもたらされると予言する。

もう一度、駒場のジャンヌ・ダルクの本に戻ろう。彼女は獄中で国際婦人デーで逢った可愛い赤ん坊のことを思い出す。母親にミルクをのまされ、見知らぬ彼女を見てにこにこ笑いかけた赤ん坊の無心さに思わず可愛いと口にし、抱かせてもらった。その時、「私たちにこんな可愛い坊やが育てられるのはいつの日のことか」と思い、「悲しみを感じた」と書いている。この「悲しみを感じた」という短い言葉にこめられた重さは見逃すことが出来ない力で読者を捕える。彼女は学生結婚しており、夫もまた学生運動を闘いぬいている。

「結婚して二年近く、もちろん、子どもは欲しい。でも闘争に明け暮れ、いつつかまるか、いつ死ぬかもわからない自分に、子どもを生んで育てる資格も余裕もない。親しかったFさんは、この日、子どもを生む筈だった。私以上に闘争に熱心だった彼女も、その後子どもができたとなると仕方なく闘争の第一線から退かざるを得なかった。ある痛みをもって。

生れる子どものために、よりよい未来を作り出そうとすれば、簡単に子どもは生めぬ。

そしてそんな気持もなく、ぬるま湯の中でべたべたの愛情しかない人間が、子どもを生んで『教育ママ』なるものになり、子どもをだめにしていく。なぜ、このようにしかならないのだろうかと、私はその坊やの可愛さに見惚れながら悲しかった」

彼女はこの「悲しみ」の源を資本主義社会の悪と見定める。

「結局、この資本主義社会に生きているかぎりほんとうの意味での親子の幸せはない。心から血を噴き出させつつも、私は親に心配をかけるのを承知で、これからも闘争をしていくし、もし子どもが生めたなら、心に痛みを感じつつも、闘わねばならないことを子どもに徹底的に教えるであろう。それをしないかぎり、矛盾はいつまでも矛盾のまま存在し続け、不幸な親子はなくならないのだから」

純粋な、若々しい感想だ。彼女のいうことはもっともだし、誰もこの結論に反論することは出来ない。しかし「結婚して二年、もちろん子供はほしい」という彼女の素直な述懐が私には気にかかる。「愛する男と結婚したら、もちろん、子供はほしい」。それはもう誰も疑いをさしはさむ余地もない女の本能だと決められている。世界中の女に自分の子供を産ませたいのが男の生殖本能であり、自分の愛する男の子なら、三ダースでも産みたいのが女の生殖本能だという意見もある。

子供も安心して産めない社会、とさえいえば、もう誰も反対出来ない重さを持つ。しかし社会がどう変り、女にとって如何に働き易く、子供を育てやすい環境があたえられても、女の中にある、子供を産みたいというエゴイズムは消えるだろうか。結婚しないで自分だけの子供をほしいという女たちもずいぶん増えてきた。その場合も人の子ではなく、自分の子供なのだ。そして彼女たちの子供が欲しいといういい方の中には、産みたいという意味がこめられている。女は受胎や出産の宿命的な重荷を男に突きつけて、その重荷からの解放を要求したがる。しかし受胎や出産の過程に、男には味わえない快楽が伴っていることはあまり口にしたがらない。

私は野枝のようにたくさんは産まないけれど、一人子供を産んでいる。もう二十年も逢ったことがない。人はよく、逢いたいだろうといい、よく捨てこられたという。私はそんな時、いつでも返答に困って、曖昧に笑っている。よく捨てて来たという件に関しては野枝と同じ心境だともいえるが、それは後でこじつけたもので、要するに、その時、新しい恋に走る盲目の情熱だけで、前後の見境いがなかっただけだ。

女が子供と別れる時、考えぬいてとか、子供の将来のためにとかいうのを私は信用しない。よくよく皮をはいでいけば、人間の最後に残るものはエゴイズムだけなのではないか。逢いたいだろうと決めてかかられるのもどう答えようもない。正直いって私は逢いたいと切実に思ったことはあまりないのだ、もちろん、逢いに来てくれればうれしいだろうと思うし、もうそろそろ逢った方がお互いいい時になっているのではないかと思ったりもする。しかしそれは本当に稀な時で、それも人から、子供の話を持ち出される時だけだ。

そんな時逢いたいと思う私の心は、自分の産んだ子供だから当然の母性愛でなどという感情はないようだ。逢うというより見たいという気持が適切な感情で、それは、本能や愛より好奇心の方が上廻っている。

どうせ、私の死際などは孤独に決まっていると覚悟を決めているから、死の前に子供に手をとってもらってなどという夢は考えたこともない。そのくせ、私は、この子供の他に子供を産もうとはしなかった。私はその子によって知らされた受胎や出産や五つまで育てたうちに味わった快楽の記憶が強かったからだ。私は何でもしたいことはしてきたがこれだけが私が意識して自分に課した唯一の禁欲だった。

私は、同性より異性の方が好きだ。女は相当知的で教養のある女でも、話は自分本位で、与謝野晶子ではないが、全く一人称でしか物を見ないし悟らない。私の夫、私の子供、私の家庭、私の帽子……etc. そして、母性愛の尊厳を馬鹿にでもしようものなら、針鼠のようになって怒り出す。母性愛という楯さえ構えれば、どんな敵だって皆殺しだという意気込みになる。マイホーム主義の主婦たちの通俗さ、教育ママのいやらしさ。

私は野枝も、らいてうも、須賀子も、ボーヴォワールも、スュルロも柏崎千枝子も好きだ！尊敬する。彼女たちは子供を産んだり、産めなかったり、産まなかったりする。それでも子供を産むということについて、少なくとも真剣に考えているし、自分のエゴイズムを見つめている。彼女たちは揃って母性我に負ける自分も、母性我を超える自分をも見つめる理性と認識を持っていた。私はこういう同性が好きだ。女の敵は、男や、社会だけではなく、女自身の中のエゴイズムという敵だと知っている彼女たちが好きだ。

少なくとも生涯のある時期、女性の可能性について未来を夢みようとした彼女たちを敬愛する。

（「群像」昭和四十五年九月号）

女は男を育てられるか

男が女を育て、女が男を育てる場合を漠然と考えると（もちろん、この場合、親子兄弟などの肉親関係ではない場合）、まず、「源氏物語」の光源氏と紫の上、コレットの「シェリ」の、レアとシェリの関係が思い浮んでくる。ふたつながら小説なのだから、絵空事だといってしまえばそれまでだが、源氏と同じ状態を現実の生活で行ったのが、中世に入って「とはずがたり」を書いた二条と後深草院の関係である。後深草院はたぶんに源氏を意識してのことだろうが、自分に新枕の秘事を教えた年上の典侍が他の男の娘を妊《みも》った時から、その胎の子に期待をかけ、その子を三つの時から引きとり、育てて、十四の春には自分の恋人の一人としてしまう。気長に子供の成長するのを待ち、その間に自分の最も好ましい女に教育して仕立てあげたのである。丹精して苗から花を育て、つぼみがよくふくらんだ時、剪《き》りとって瓶に入れて咲くのをひとりで観て愉しもうという方法であった。

財力と閑さえあれば、男が女をこのように育てることは今でも出来るだろう。源氏は紫の上をやはり初恋の人の姪で俤《おもかげ》を伝えているという理由から幼時に引きとり、理想の女に仕立あげ、正妻にしている。男にとって、これは理想の妻を得る方法で、男なら誰しも、そうしたい夢を抱くだろうことはうなずける。

しかし、女が源氏や後深草院のように男の子を幼時からひきとって育て、成人するのを待って、自分の情人なり夫にするということは考えただけでも不自然で気味が悪い。男が女を自分のものにする場合は、紫の上や二条の時もそうだったが、一種の強姦の形で行われることが多く、それでも、女はすぐその情態に馴れるし、かえって、その男を慕うようになるケースが多いが、女が男を強姦するという形がすでに不自然だと思う、私たちの感覚が常識的に養われてきているせいもあるだろう。

育てられた女は、大体において、男の好みに合せてつくられているので、男に従順になるように馴らされている。例外には、谷崎潤一郎の「痴人の愛」のナオミのように、すっかり男を手玉にとる女も出てくるが、あの場合もまた、よく考えれば、男がそういうじゃじゃ馬的女を嗜好していたから、女の特性の中から、そういうものがひきだされるように育てあげ、それをそそのかし、それを助勢させマゾ的な自分の欲望を遂げたことに気づくのである。結局、あの場合も、男は自分の好み通りに女を育てあげたことになる。

しかし、女が男を育てる場合、所謂、頼もしい男らしい男に育てあげれば、男は女に飼われている生活などは、自分で嫌悪するようになるし、女の支配下におかれるような男の暮しは認めなくなるだろう。

コレットは「シェリ」の中には、若くして年上の女に可愛がられてしまった男は、消し難い傷を蒙ってしまい、男はその後いくら恋愛しても常にこの年上の女との恋愛を思いださずにはいられなくなるということを書きたかったのだといっている。母親の友人だった二十五も年上の高級娼婦のレアに少年時代から可愛がられたシェリは、成人して、自分にふさわしい女と婚約しても、レアを忘れられず、レアの影響下からぬけ出すことが出来ず、結局、現実的には年老い肥ってしまって昔の俤をなくしたレアに失望し、自殺ししまう。結局、レアはシェリの心も軀も終生支配したことになるが、レアが自分の許から立ち去って、若い娘と結婚しにいくシェリを見送る場面の悲痛さは、全篇の圧巻である。

アンリ・バタイユは、この「シェリ」の最後の二十頁はダンテの作品に見られるような、思わず人をどきっとさせずにおかぬほどの崇高な趣を持っているといっている。若いシェリを若い彼にふさわしい少女の許へ送りだすレアがこの上なく哀切に見えるのは、レアのシェリに対する愛が肉の愛から精神の愛に移り、驕慢な独占の玩弄物的な愛から謙虚な自己放棄の犠牲的な愛に移ったせいであり、しかもそれが、こともあろうに、レアが無能な人形のように美しいだけが取柄のペットとしかみていなかったシェリから、自分が色事を仕込んで情人に育てあげたシェリの口と態度から教えられたからである。シェリは、レアがシェリの妻に嫉妬して、思わず、口汚く悪態を叩いた時、レアの両手を摑みたしなめる。

「そんなことをいうな、ヌーヌーヌ」

ヌーヌーヌというのはふたりだけの間のレアの愛称であった。

——彼はテーブルのまわりをぐるりとまわって、怒りに体を震わせながらレアにつめよった。「そんなことじゃない！　僕がゆるさないのは、いいかよく聞くんだ。僕はきみが僕のヌーヌーヌを汚すのをゆるさないっていうんだ」（中略）

「この僕はね、ヌーヌーヌならどんな口のきき方をするものか知っているんだ！　どんな物の考え方をするか知っているんだ！　僕にはそれを知るだけの暇が十分あったのだ。忘れもしないが、僕がうちのやつと結婚するすこしまえ、きみは僕にこういった。《とにかく、あんた意地悪をしないであげてね……。いじめないようにしてあげてね。……なんだか私は女鹿を猟犬の手に渡すような気がするのよ……》って。立派な言葉だ！　それがきみという女なのだ！　また、結婚式のまえの日に僕が脱けだしてきみに会いにきたとき、いまでも覚えているが、きみは僕にこうもいった……」（中略）

「ねえ、ヌーヌーヌ、僕たちの仲がはじまったとき、僕はきみがどんなに気風《きつぷ》の粋な女であるかということも知って、その気風の粋な女としてのきみを僕は愛したんだ。僕たちの仲がお終いにならなけりゃならないとしても、それできみがほかの女たちと同じ女になっていいものか？……」（高木進訳）

十九の年からレアの情人にされていたシェリが二十五になって四十九のレアに向かってこれだけのことをいうようになったのだ。

レアは打ちのめされながら、喜びと悲しみに震える。レアはいう。

「もしほんとうに私が一番気風の粋な女だったら、あんたの体と私の体の楽しみばかりを考えるかわりに、私はあんたを一人前にしてあげられたでしょうよ。一番気風の粋な女だなんて、とんでもないわ。あんた、私はそんな女じゃなかったわ。あんたをずっと手放さなかったのだもの。そしていまじゃもう遅すぎるわ……」

レアは自分の悲しみを押えこみ、勇気を振ってシェリを自分の許から若い娘の方へと解放してやる。悲しみと絶望に耐えながら、ドアを開け、シェリを押し出してやる。

この「シェリ」の最後の章のレアの哀切さを読む時、かりにも男を育てようなどという大それたことを考える女も自分の計画の怖しさにひるまずにいられるだろうか。

「あんたのだらしないところは全部この私の責任だわ。そうよ、ほんとうにそうだわ、美男子さん。二十五歳にもなりながらあんたはこの私のせいでそんなに軽薄で、そんなにわがままで、しかも同時にそんなに陰気なんだわ……」

大概の女なら人生も終ったような年齢なのに、シェリが女の中で最も美しい最も立派な女と思っていてくれたという感謝が、レアを謙虚にし、自分にとっては肉体の一部のようにとけこんでいるシェリをもぎ離して解放してやろうという勇気を生む。

レアとシェリのような、娼婦とヒモの関係でなく、もっと高尚な、たとえば侯爵夫人と青年という関係も、フランスの小説には多く出てくるし、実人生でも、たとえば、バルザックとベルニー夫人（「谷間の百合」のモデル、バルザックより二十二歳年長）とか、バンジャマン・コンスタンとシャリエール夫人（十八歳年長）。あるいはコンスタンとスタール夫人（一歳年長）、の関係もある。スタール夫人は一歳しか年長でないのに、コンスタンに強い影響を与え、気の弱い移り気なコンスタンの心を強く呪縛した点では、精神的にその恋愛関係でコンスタンはずいぶん啓発され、成長させられている。「アドルフ」という古今の名作はスタール夫人の影響がなくては決して生れなかったものだろう。

コンスタンにおけるスタール夫人のような役目を持ったのはバルザックにおけるハンスカ夫人だった。バルザックは青春のはじめベルニー夫人のやさしさと教養と母性的愛に包まれ成長し、夫人をモデルにした「谷間の百合」という傑作を遺したが、ロシア貴族のハンスカ夫人と文通するに及んで、ハンスカ夫人に熱烈な恋をし、晩年の傑作はほとんどハンスカ夫人との恋の情熱が生んだものだった。しかし、スタール夫人やハンスカ夫人は必ずしも、相手にとってやさしい恋人でも母性的な恋人でもない。スタール夫人の強烈な個性と、「男おんな」と呼ばれたほどの激越な情熱や教養は、コンスタンを苦しめたし、ハンスカ夫人の冷たさと驕慢もバルザックを決して幸福にはしなかった。にもかかわらず、彼等はこれらの一種の悪女から、強烈な影響を受け、自分の可能性を引き出してもらっている。

女が男を育てるという意味は、男の意識しない能力もひきだし、開花させることだと解すれば、男を育てるのは、必ずしも大母性型の教養ある才女でなくても、むしろ悪女の典型のような女でもいいのではないか。傷めつけられ、反発するエネルギーが、思いがけない仕事を産む原動力になったりもする。

男が女を育てる場合は、女の成長を見守る愉しみの中に、その見返りとして自分にかえってくる快楽への期待がかけられるが、女が男を育てる場合は、むしろ、手ひどい裏切りと辛い別れを覚悟してかからねばならない。男が五十になるやならずで、自分の娘のような情婦に向かって、

「もう遅すぎる。私はおじいさんで、お前にはふさわしくない。人生の終ったような自分にこれまでつくしてくれてありがとう」

など、いうだろうか。しかし、女は、四十をすぎると、早くも自分はもう若くはないのだという強迫観念にとりつかれる。

自分の育てた男が自分の予想を上まわって、大物らしい風格をそなえてくればくるほど、女は歓びと同量くらいの恐れと不安を抱かせられる。一人前に育った男が、せまい巣を飛びだし、大空へ向かってはばたこうとするのは当然の成り行きだからだ。

自分の腹を痛め骨と血をわけて育てた自分の子供でさえ、十六にもなれば、もう精神的離乳も自立もするものだということを女は自分の情夫に対しては忘れがちになる。

男との辛い別れを恐れるなら、凡庸でやさしいだけの無害な男を選び、慰めだけをわけあっていればいい。少しでも男を育てたいなどという野心を持つなら、別れの日の覚

悟を決めて、その瞬間までの充実した歳月の歓びをとることにすればいい。

しかし、果たして、女が、あるいは男が、相手を育てたり出来るのであろうか。

私は男と女の関係は、必ず損得ふくめて五分五分だという信条を持っているので、男を育てようとも思ったことはないし、男から育てられようとも期待したこともない。

たとえばセックスひとつを例にとってみても、リードする側とリードされる側は、いついかなる瞬間から、反対の立場にたつかわからないのである。

一人の相手によって、才能の可能性が芽を開く人間は、他の相手だって、組合せさえよければ、その程度に育つのであって、何も、ある一人の人間によらなければ育たないということはあり得ない。私のおかげで、あんたはここまで育ったんじゃないかということばは、女が男から見棄てられようとする瞬間に思わず口ばしりたがることだが、これくらいみっともない惨めなことはない。

自分の悲しみをひたかくして、相手の前途を祝福してやるだけの大きさが生れないなら、相手を育てたと自惚れている女の考えも、錯覚かもしれないのである。本当に育てられ、内容も充実した男なら、女から身をひきたくなるような輝しさを自分にすでに具えている筈であるし、はしたない狂乱ぶりを示す女をたしなめて、深い恥を覚えさすだけの度胸も出来ている。ジゴロのシェリでさえ、大年増の粋なレアにあれだけ、りっぱな態度をとらせることが出来るのだ。

生れつき、ウル・ムッターと呼ばれるタイプの女もないではない、岡本かの子は、自らそう信じ、彼女をとりまく夫をはじめ若い恋人たちもそう信じていた。ある男の生涯に決定的影響を与え、男に生命力をみなぎらせ、生きる意欲を与えるエゲリアの女性とも呼んでいる。エゲリアもウル・ムッターも男を育てる能力を持つが、かの子は自分が愛したり、身近に集めて共同生活をしたこれらの男たちを無意識的に育てると同時に、彼等から存分に養分を吸いあげ、奉仕させ、自分が育てられてもいる。どんな人間関係の中でも、一方が一方に与えっぱなしということはあり得ない。歓びであれ、苦痛であれ、無関係の仲よりも、与えあった方が、必ずそこから何かの育つ芽をふいてくるのは必定だ。どちらが得をし、どちらが損をしたかは、互いに棺を掩《おお》う時に至らなければわからない。

不思議なもので、恋愛のはじめというものは、互いがどんなにつまらない相手でも、一種の生命力の昂揚がおこり、その人間として最上のコンディションが肉体にも精神的にもひきだされるもののようである。相手に生きている実感を与えあい、生きる歓びも与えあう時、その人間が育たないのは嘘で、もし、男でも、女でも、相手から育てられる時期があるとすれば、恋のはじめから、恋の成長期にかけてであろう。恋が成りたち、もうその愛に馴れあいが生じ、互いに新鮮さも愕《おどろ》きも感じなくなった頃、いや、互いにではなくとも、一方だけでも、その恋のさめてきた時期から後は、もう成長を助長する努力は失われている。

恋の不思議というものはそういう処方箋にこそあるのだと思う。だから、恋がさめたと気づいた時は、そういう愛を従来のまま、習慣や馴れあいでごまかさず、いさぎよく断ち切ることが好ましい。ただしそれはあくまで成長したがりや、あるいは育たせがりやの性分の人で、人間は何でも、無理にそう力みかえって育ったり、育てたりしなくても幸福でいられるし、生きていくことに大して支障ももたらさない。

私は若い時から無性に育ちたくって、自分が育ったと自覚しないような、なまぬるい愛には一日も坐っていることががまんならず、すっぱすっぱ、人と別れ、愛を断ち切ってきたけれど、今になって思えば、何もそう力んだ勇み足ばかりの生活をしなくてもよかったのではないかといささか、自分の過去に嫌悪感もある。

今でも、昔覚えこんだ踊りが忘れられず、ひとつの愛に倦怠すると、あるいは相手に倦怠感が見えてくると、もうそこに居たたまれず、少々の傷や損は覚悟の前で、その愛を断ち切りたくなる性分は改めようもない。結局、私自身は死ぬまでそういう繰りかえしをして生きていくのだろうけれど、男と女の関係では、真剣につきあえば、そこにはどんな相手からでも、予期以上の精神的贈り物を受けていることに気づかされる。別れた男から、私は屢々《しばしば》感謝されてきたが、よく考えてみると、どんな別れ方をした相手からも、私はたっぷりの肥料をもらって、育ってきたことを反対に感謝しなければならないと思う。

昔、遠い日のこと、私はいつか大金持になったら、西洋のサロンのようなものを開いて、有能な芸術家や、学者の卵をいっぱい集めて、彼等のパトロンになりたいなど思ったことがあった。たぶん、ジョルジュ・サンドや、スタール夫人のような生き方に憧れていた頃だろう。日本の現在の社会にサロンなど持ちようがなく、何より私にそんな財力はどう転んでも持ちようがないとわかった今は、思いだすだけでも滑稽な夢だが、そんなことを全く考えてもみない女の人もいるだろうから、そういうことを一時にせよ夢みた私の中には、多分に母性的というより男性的要素が強いのではないかと気づいてもいる。

母性的女が、男を育てそうに思われるがそれは反対で、男を育てようなど意志することは、男の才能をプロデュースする愉しみみたいなものを期待しているのだろうから、それは母性とは全く反対のものではないかと、この頃は考えている。

私は育てたり、育てられたりする男女の愛などは希《ねが》わず、だまって向かいあい、あたためあうだけの愛が最も自然なやすらぎのある男女の間柄を、愛と呼べるものではないかと考えるようになった。

ただしそれは馴れあいと惰性と怠惰にあぐらをかいている世の夫婦の愛とは全く似て非なるものである。

互いの傷をなめあう獣の目のやさしさが、人間の男女の愛にもっとよみがえっていいのではないか。

（「婦人公論」昭和四十七年十二月号）

女は幾歳まで恋をするか

十年前のことであった。親しい女友だちばかりの集いの時、その中で最も美しい、最も年かさの夫人がいった。

「まあ、せいぜいみなさん今のうちに恋をなさいな。女は五十になったら、恋の想い出の箱をぴたりと閉ざし、金の鍵をかけて錦の袋にでも入れてしまっておくものよ」

一座の中で、最も若い、といってももう三十になろうとする女性がいった。

「いやだわ、そんなことをおっしゃるあなたがまだそんなに若々しくて美しくて、魅力的なんですもの、とても恋をしていないなんて思えないわ」

恋は五十までといった夫人の過去が、華々しいロマンスのいくつかで飾られていることは有名だった。その夫との結婚に至る恋も語り草になるほど華やかなものだったが、結婚後も、美しい彼女のために自殺した若い男とか、夫婦別れをした人々があると噂されていた。病身なか細いその夫人のどこにそんなエネルギーがかくされているのだろうと、人々はかげで妬んだり羨ましがったりしていた。

「そりゃ、今だって、その気になれば、チャンスはあるし、いいよってくる男はないとはいいませんよ。でもやっぱり恋は美しくなければ……あたしは自分に自信がなくなった時を境に、ふっつりと恋から手をひいたのよ」

「自分に自信がなくなった時ってどういう時ですの」

「それはねえ……」

美しい人はちょっと一座の女たちの顔を見回してからずばりといった。

「裸の自分にひけ目を感じはじめる時」

一座は一瞬、しいんとした。ややたって、誰かがわざと陽気にいった。

「やめだ。それなら、何も五十を待たなくったって、今でもあたし、裸に自信などまるっきりなくってよ」

笑い声がどっと起こって、その話はそこで立ち消えになりそうになった。美しい人は細い眉をよせて憂鬱そうにつぶやいた。

「信じないのね。今にわかるわ」

あれから十年たったということさえ夢のような気がする。それを聞いた時、私は三十代と四十代の丁度境目にいた。三十の初め、自分が四十になる日のことを思うと、何と遠い先だろうと思った。戦争中の青春をすごし、二十代は結婚、出産、引き揚げ、そして新しい恋、家出と、目まぐるしい運命の変りめを夢中ですごし、三十代のほとんどを、一人の他所《よそ》の家の夫を愛してすごした私には、四十になる自分というものが考えられなかった。

私の愛した男は、私より十歳以上も年上のせいか、私は彼といる時、自分が実際の年齢よりまだうんと若いような気がして、年を忘れていた。年を忘れるといえば、その反対の時、次の男は私より四歳年下だったが、その男と暮した時もまた、私は自分が年上だということをすっかり忘れていた。恋をしている時、私はいつでも相手を世にも頼もしい男と思いこんでしまう幸せな性分なので、他人がかげで何て頼りない人を好きになっているのだろうとか、あんな男のどこがよくてああ夢中なのだろうとかいわれても、その声が事実、自分の耳に入ってきていても平気なのであった。

恋をする時、年齢はないと思いこんでいた。年上でなければいやだとか、年下でなければいやだとかいう考え方は私にはなかったのだ。

五十歳になって、自分の裸に自信がなく、恋人と裸で寝られないくらいなら、恋の箱の蓋をしっかりしめてしまうというのも確かに美しい話だと思って聞いた。私も五十になったら、そうしてもいいなとも考えた。しかしその時はまだ十年も先の話だったし、私は二人の男を恋人に持ち、その間で右往左往している時だったので、十年先の自分の衰えた肉体など想像することも出来なかったのだ。

ところがその十年がまたたく間にすぎてしまった。歳月というのは人間が年をとるほどかけ足になって襲い、そしてかけ足で通りすぎていくもののようである。あの子供の頃の一日の何と長かったこと、一年の何とたっぷりあったこと。

四十代の十年間に私は恋を捨て恋を得、また恋を捨て、更に新しい恋を得た。そのめまぐるしさにまたたくまに歳月が飛び去っていた。私は恋をしている時でないと仕事が出来ない。作家の中には恋をしている間は仕事が出来ないという人もいる。私は何の因果か、恋をしていないと仕事が出来ないのである。

私は四十代に最もたくさんの仕事をしたし、自分の仕事の質も深まったと自覚している。ふりかえるとこの十年くらい私は充実した作家生活をしたことはなかったし、女を生きたこともなかったと思う。

しみじみ女は四十歳からが人生だと身にも心にも思いあたってつぶやいたものであった。

そして、もう、今年は五十歳になってしまった。あの美しい人が恋の箱に蓋をせよといった年を迎えてしまったのだ。まだ髪は染めていないけれど白髪は出ているし、まだでぶになってはいないけれど油断すればたちまちおなかが出て来ようとする。徹夜近い仕事をした後、鏡をみると鬼のような女の顔がそこに映っている。私は鏡に毎日自分の全身を映してみる。もちろん裸で。まだ私の体の線は崩れていないものの、それはいつ崩れるかもしれない瀬戸際に来ている。男の前を裸になって横ぎれるかと聞かれたら、私は何と応えていいだろう。ベッドの中で光線や、体の位置を気にしだしたらおしまいよと、恋多い女の友人がいったこともあった。

人間は年と共に肉体が衰えるのは当然であって、それはうれしいことではないけれど、それほど悲観することでもないのではないか。夫婦でも、恋人でも、一方だけが毎年齢を重ね、他の一人は全然年をとらないということはあり得ないのだ。公平に年を一つずついっしょにとっていくのである。自分も相手も共に年を重ねていることを忘れて、女は自分の年のことだけを気にしすぎるのではないだろうか。相手が自分の老いの足音におびえ、若さを需《もと》めて若い少女に惹かれる心理は、冷静になれば、自分だってよくわかる筈である。私は、女もまた若さを需めて若い少年に憧れてもいいと思う。あなたがするなら私もするというようなさもしい気持でなく、もっと自然に若さを愛したらいい。しかし、老年の智慧の美しさに惹かれることも自然な気持のように思う。性愛だけが男女の愛ではない。性愛の伴わない男女の恋を私は信じていない。しかし、性愛を越えた男女の愛の型はあるように思う。恋と愛の微妙なちがいだけれど、恋というより愛と呼ぶ方が広義だし、美しい、強いひびきがある。

五十になってみて、私は今得ている恋を自分から捨てられるだろうかと思い悩む。今、別れることは美しいし、多少の辛さがあっても今なら美しい、いい思い出だけで終るような気がする。しかし、何のために、その恋を捨てる必要があるだろう。醜くなった自分の肉体や、若さを失った自分の容貌に自信がないからか。やはり、私はこの恋を捨てまいと思う。はじめから自分の肉体や容貌の自信で恋を得たわけではなかったからだ。

五十歳の恋の停年説をとなえた人は美しい女だった。少女の頃からおそらくいつも美しいということを、周囲からいいつづけられて来た人なのだろう。恋人もすべて、まず美しさをたたえたのだろう。そのため、美に対する誇りがいやが上にも高まり、美しさの衰えた自分を崇拝者の目にさらすことがしのびなかったのだろう。

私の恋はちがう。私はいつでも自分の魅力について考えたことがない。もし私に恋の絶えたことがない理由を考えろといえば、いつでも、私自身が恋をしつづけていたからと答えるしかない。愛されることはうれしいし愛されることは幸せだ。しかし愛されるという受動的な形は相手次第だから、待ちのぞんでも訪れないことがある。愛するということはいつでも可能である。愛される前に私は愛し、愛することによって愛されるようになるという真理を何度かの経験で見てきている。

私は五十歳になった。でも恋の箱の蓋を閉じようとは思わない。相手が私を愛さなくなった時、私は激しく泣くだろうし、取り乱すことだろう。けれどもおそらく、涙のかわいたその日から、おそらく次の恋を需めているだろう。醜くなって、裸になれなくなったら、私は正直に囁くだろう。

「あかりをも少し暗くして。自信がないから、少しでも美しく見てほしいから」

そう頼んだ時、聞いてくれないようなデリカシィのない男を、私ははじめから恋の相手に選んだりしない。

男と女はなぜ恋をしあうのか。家庭があり、貞淑な妻があり、頼もしい夫がいても、なぜ男と女は妻以外の女、夫以外の男に心をひかれ、肉体で愛しあうのか。

人間だからと答えるしかない。人間ははじめからそういうようにつくられているのだ。

それが人間の自然の感情だし習性だから、人間は自分たちで自分の心に鎖をつけるため結婚制度や一夫一婦制を考えだしたのだ。

人間の心は移ろい易いものだし、情熱は必ず衰えるものだ。恋の永遠性などはある筈がない。しかし、恋の終ったところから愛は芽生える。これは人間を移ろい易く出来そこないにつくってしまった造物主が考えだした窮余の一策としてつけたおまけではなかっただろうか。

肉体の衰えをはかなんで恋を墓にとじこめてしまう必要がどこにあるだろう。大岡越前守の母が性欲は灰になるまでと、火鉢の灰を指して示したという有名な話は、真理をついている。

日本人はすぐ年甲斐もないとか、いい年をしてとか、年よりのくせにとかいう言葉を使いたがる。

田村俊子は五十二歳で年下の友人の夫と恋をしている。その恋の清算をしたのは五十四歳であった。岡本かの子は五十歳で死んだが、その時、夫一平の他に恋人新田亀三と共に暮していたし、死の直前には慶応の学生と恋をした形跡がある。

三浦環は五十歳で二十一歳の青年に恋をし、死ぬまで十年間、彼を離さず死に水をとってもらっている。彼女たちの愛人に訊くと、すべて彼女たちが五十をすぎて尚魅力的であり、可愛い女だったと証明する。

ボーヴォワールはサルトルの恋人として世界に名のとどろいた女性である。二人は籍などいれず、妻とか夫とか呼ばず、まったく新しい形で自由に愛を貫いた。結びつきのはじめから、別の恋をすることも認めあっていた。サルトルもボーヴォワール以外の女に度々恋をしたが、ボーヴォワールとは決して別れようとはしなかった。ボーヴォワールもまたサルトル以外の男と度々激しい恋をしている。カナダの作家オルグレンと恋をし、大西洋を渡って壮大なデートをつづけたのは彼女の四十一歳であり、十九歳も年下の二十五歳のランズマンと恋におちたのは四十四歳の時であった。

「ランズマンがそばにいることは、私を自分の年齢から解放した」

と書いている。更年期障害の症状をボーヴォワールは若い恋人を得ることで切りぬけたのだ。

私も死ぬまで恋をしようと思う。それはやがて肉体を超えた愛に至るだろう。その時、私はすぎさった恋の数々の想い出をふりかえりながら、多く烈しく愛した生涯に悔いなくおだやかな死を迎える準備を心に持つだろう。

（「婦人生活」昭和四十七年一月号）

かくれた欲望

女の貞操が生命より大切だと信じこまされていた頃は、たとい未亡人でも、再婚したら、何となくふしだらなような目でみられ、非難がましく世間はみつめたものだ。

妻が恋をするなど、もってのほかで、たとい、男からいいよられたとしても、そういうすきをみせたことで、その妻は非難がましい目でみられなければならなかった。

けれども、そんな時代でも、ある種の妻たちはやっぱりやむにやまれない恋をしたし、打ち首、はりつけ、さらしものになっても、恋に殉じた。そして非難しながら、世間は彼女たちの恋の激しさに内心感動し、羨み、憧れ、それを後世に語りついだ。

人間の愛などというものが、そもそも不確かなもので、心は移ろいやすいものである以上、一人の男や女が、一生にただ一人の相手しか愛さないなどという方が、むしろ奇蹟的で、そういう心の方が、片輪かもしれないのである。

人間が人間を理解しきるなどということは不可能に近い難事業だ。男は社会に投げだされ、命がけの仕事の場で、それをいやでも知らされている。

女は幸福な生いたちの無傷の心を持った女ほど、生きるということは人を愛することであり、愛されることであり、愛するというのは相手を理解し、理解されることであると信じている。

女の幸福は、一人でも多くの人間が自分を理解してくれたと思うことだ。自分でも気づかない自分の「好さ」というものに女は本能的に憧れていて、それを指摘してくれる他人があらわれると、まるで神の啓示にあったような新鮮な感動を覚える。

おとなしいと思われている女は、自分のなかには悪魔的な野性がひそんでいるのだと思いたがっているし、バイタリティのかたまりのように思われている女は、本当は自分は男に支えられなければ生きていけない弱いしおらしい女だと夢みたがっている。

本当の女たらしは、外観にあらわれた女の感じと、およそ正反対の盲点や特徴をあげてやって、まず女の心をとらえてしまう。

娘時代というものは、女自身が混沌として、性格も定まらないかに見えるから、男たちが勝手にその娘の上にかける夢やイメージがそのまま、娘自身の本質のように、娘自身が思いたがる。

結婚して妻になったときから、女は一つの型にはめこまれる。その夫によって決められた型に入りこみながら、女は心のどこかで、自分への夢をすてきっていない。

男は相当馬鹿な男でも、自分を見る自分の目というのを持っているものだが（つまり自分の意見というものを持っているが）、女は相当賢い女でも、男を鏡にしなければ自分というものが映し出せない。

妻が恋をするのは、夫という鏡が曇ってきて、自分の姿がぼんやりしか映らないときである。

結婚生活に馴れ、つかれ、面倒くさくなって、鏡を拭くということをなげやりにしだす。それに、その鏡はいつでも変りばえのしない、一つの自分しか映してくれないのだ。そこで妻は、もっと精巧な、曇りのない、自惚れ鏡がほしくなる。

妻が恋をするときは、妻が自覚しているといないとにかかわらず、自分の生活の単調さにあきあきしているときだ。

夫が、不行跡で、生活能力がなく、子供が病身で、家のなかは火の車というようなとき、妻はむしろ、生活そのものに必死にいどんでいて、恋などうけいれる余地がない。

他人が聞いて、なるほどあんな夫なら妻が他の男に見かぎるのも当然だと思うようなケースはほとんどない。

たいていの場合、妻は他人の目には夫より劣る地位や身分や才能の男に誘惑されてしまう。妻は、ことに日本の妻は、姦通が極刑だった歴史が長いので、母や祖母の代からつづいている姦通恐怖症が血のなかに流れていて、姦通罪がなくなった今でも、そうそう自分から姦通にとびこみたがる性情は持っていない。

たいてい、心は姦通に憧れめざめていても、他からの積極的な誘惑の手がさしのべられないかぎり、それにふみきることは少ないようだ。

誘惑者は、夫はもう決して口にしなくなった妻の美点や、「他の女とのちがい」を、繰りかえし聞かせてくれる。口にしないまでもまなざしで語ってくれる。

男と女の性愛がどういうものであるかを知っている女にとって、誘惑者のことばは、たとい精神的なことしか語らなくても、すべてベッドにつながって、妻の心にはおちこんでゆく。

おとなしい妻が、

「あなたは本当は情熱的な人なのだ、それをあなたの外見の優雅さがかくしているにすぎない」

と誘惑者に囁かれたとする。

するとその妻は、ベッドのなかで自分がどのように情熱的に、放恣な姿態をとり得るかを一瞬夢みることができる。

夫に肉体的に需《もと》められることが大好きで、年中、妊娠におびえている妻が、あなたは精神的な珍しくプラトニックな心の人だと誘惑者に囁かれると、いつでも肉欲の固まりみたいな夫の犠牲になって、子供ばかり産まされているような錯覚を覚え、ベッドのなかで、兄妹のように軀をあたためあう、清らかな関係を夢み、自分は七年でも十年でも空閨が守れるような貞操堅固な女のように思いこんでしまう。

女というものは、世界中の男から恋を囁かれる可能性を心の奥深くで期待しているから、夫以外の男から言いよられることは決して不快ではないのだ。

もう、自分の何から何まで知りつくしてしまったような顔をして、髪型を変えようが、口紅の色を変えようが、気のつかない夫に、夫以外の男が自分の魅力にひきつけられているとしらせてやりたい欲望――それは、夫を愛している妻ほど強い感情だ。

ここまでは大丈夫、という安心と自信が妻にはある。男の愛撫が、すすんでくるのを、ちゃんと見きわめる冷静な目を自分が持っていると思うとき、妻は自分がたいそう大人になったような自信を持ち、欲望を制御できない誘惑者が、たとい自分より、はるかに年上でも、まるでやんちゃな可愛らしい子供のように感じる。

そのとき、すでに誘惑者に第一の鍵をぬすまれてしまったのに気づかない。

夫以外に男の肉体を知らない、貞淑な妻ほど、はじめて触れる夫以外の男の肉欲の手つづきのちがいに好奇心をそそられる。男が自分の肉体のどこにいちばん魅力を感じるか、夫と比較して知りたくなる。

その扱いが乱暴であれ、丁寧であれ、少なくとも、夫の扱いと少しでも異なっていれば、妻はもっと、そのちがいを知りたいという誘惑にうちかちがたい。

姦通のすべての理由は、後になってつけられる。

妻が恋をするときは、哲学的理由や、情緒的理由がいくらでもでっちあげられるし、それを他にも自分にも繰りかえしているうち、妻は本当に、その理由を信じこんでしまう。

けれども姦通にふみきるときの妻の状態は、十人が十人同じもので、要するに好奇心に負けたのである。秘密を持つということが、単調な妻の生活に、精神の緊張を与える。

嘘をつくスリルと、秘密を保つためにめぐらす小細工や策略のためいつでも頭は、ぬけめなく廻転しはじめる。惰性で目をつぶっていても手順よく運べていた日常の家事が、ちょっとした秘密の時間の捻出のため、急に、いきいきと生彩を帯びてくる。

一つの小さなウソが次のウソを生まなければならないし、そのウソのため、またもっと大きなウソをつかなければならない。女がいちばんいきいきと魅力的にみえるときは、ある目的のために、ウソをついて、必死に演技するときだろう。

そういう、スリルと、苦心の果てに得た秘密の時間が、どれほど濃密な色と匂いを持つものになるかは説明するのも野暮だろう。

そのとき、妻にとってはもう相手の男は問題でなく、事件そのものが生活なのであり、そこで必死に智慧を少ししぼり、姦通に溺れこむ自分自身がヒロインなのである。

たいていの場合、恋の相手の肉体などは、妻にとっては期待外れのことが多い。本で読んだり、噂に聞くような異常な男にそうそう出くわすわけではない。

実際に精力にみちあふれた男は、面倒な手つづきをふんだり、危険をおかしたりして、人妻をくどくのに時間をかけるようなことはしないのだ。

人妻を満足させてくれるほど、人妻を姦通への誘惑にひきずりこむため、情熱的になってくれる男は、どっちかといえば、精神的プレイボーイで、人妻をものにするまでの過程を愉しんでいるのであり、ものにした女は他の多くの女同様、大して珍しくも美味しくもない女なのを知っている。

女の恋のなかで、人妻の姦通ほどスリリングで情熱的で、他人の目にも面白いものはないからこそ、古今東西、いつでも姦通小説は、ベストセラーになり得る可能性がいちばん強い。

「クレーヴの奥方」から、「アドルフ」、「ボヴァリー夫人」、「アンナ・カレーニナ」、「赤と黒」、「源氏物語」、「美徳のよろめき」等々、時代を超え面白く、何度読みかえしてもそれにたえ得る小説というのは姦通小説なのがそれを説明している。

姦通小説が好まれ、よろめきテレビが圧倒的に受けるからといって、人妻がみんな姦通を望んでいるかといえば、およそ、反対である。

自分ができないからこそ、憧れるのであって、小説や映画の面白さというものは、自分に代ってヒロインが自分のかくれた欲望をみたしてくれるところにある。

その証拠に、ある婦人雑誌に私が人妻の姦通について書き、編集部がその題を「人妻に姦通をすすめる」としたところ、内容はおよそ、まっとうなものでその題はあくまで反語的な皮肉なものなのに、カンカンになって、私を攻撃する投書が、編集部に山積した。一通も、そのなかに、夫が、おこってきたものはなかった。

残念ながら、世間の、殊に日本の妻たちは、まだまだ臆病で、誠実で、貞淑で、自分の安全な地位や名誉や、可愛い子供たちとひきかえに、姦通の快楽をとろうとするような冒険心はない。

姦通罪がなくなったとはいえ、やはり姦通には罪の匂いがするし、世間は姦通した妻に寛大ではあり得ない。今でも、姦通は、妻にとってはいわば生命がけの大事業である。それが、魅力的に思えるのは、危険を伴うからで、身の破滅ともなりかねないスリルがあるからであろう。

けれどもそれも、女の貞操が、唯一無二の最後の女の武器のように考えられ、信じこまされていた時代の名残りではないだろうか。

今はそれも徐々に変りつつあるようだ。

男女同権が、性の上でも平等に解放されたとき、女は、姦通に今ほど魅力を感じないだろう。

現に妻のなかの一部では、もうそこまで到達している人も少数はいて、彼女たちは、姦通を自分の現在の地位や、社会的名誉や子供たちと引きかえにはしないで、家庭を無傷にてっとしておいて、家庭の外で浮気の愉しみを味わうように、手ぎわよく愉しみはじめている。

男がとうの昔に精神的愛と、肉欲の使いわけをしているように、女もそれに近づこうとする考えができてきたようである。

ケッセルの「昼顔」のなかのヒロインのように、夫は夫として、愛しながら、肉欲の対象としては、夫より身分のひくい、たくましい男を、あいまい宿で客にとるというような心理が、あらゆる妻たちの深層心理のなかにかくされていないとはいいがたい。

性を重大視し、性が人生のなかで最大の関心事のように考える風潮は、マスコミのせん動のせいもあるけれども、それにのせられやすい女たちの浅薄さのあらわれで、今の人妻の多くは、自分から性の自縄自縛にかかっているようなところもある。

夫の不貞が、感覚的に許せないといって、一度や二度の、あるいは、ある時期の夫の浮気以来夫との性の交渉を絶つというような、潔癖な妻はめったにいるものではない。ある期間、思いだすたび、口惜しさと、不潔感に、泣いたり、わめいたりしても、いつのまにか夫を受けいれているし、男とはそんなものだというあきらめで、あきらめてしまっている。

決して相手につけこまれない自信と、事をバラさない周到さと、万一バレたところで夫をがまんさせる自信があるならば、世のなかの妻のすべてが、夫以外の男を肉体的に知った方が、夫婦生活はかえってスムーズにいくのではないかと思う。

夫にとって何でもなくすぎる浮気は、妻にとっても、避妊の用意さえ、たしかだと、何でもなくすぎることなのである。

肉体の傷などが大したことのない証拠に、打《ぶ》ったりけったりの夫婦喧嘩などは、あっけないほどあっさり仲直りしている。

心にうけた傷の深さの執拗さ、怖しさを身にしみて知った者が、はじめて不幸なのであって、愛の場において、肉のしめる地位など、精神のそれにくらべたら、ものの数でないことがわかるだろう。

自分は、妻以外の女とさんざん寝ておきながら、妻が生涯自分ひとりを守りぬくのを望んでいる夫たちの勝手な願望は、永遠に男からはぬけないものだろうけれど、妻はもうそろそろ、その都合の悪い習慣からはみだすことを本能的に望んでいる。

よろめきテレビや、性についての婦人雑誌の付録が、主婦たちにうけているときは、世の夫たちはまだまだ安心して、自分の浮気にいそしんでいればいい。

妻たちがそういうものを見向きもしなくなるとき（必ず近い将来それはやってくるだろう）、妻たちは、上手に、手ぎわよく、姦通を楽しんでいることだろう。

姦通して、妻たちは、おそらく生々と今の妻より若くなり、会話にウィットがこもり、反応が敏感になり、そして今よりはるかに夫や子供にやさしくなるだろう。

危険と苦しみと、嫉妬と、秘密と、姦通につきもののそうした条件ほど女を美しくする秘薬はないのだから。

そのとき、妻たちは、今よりもっと生々とよみがえることだろう。ちょうど多情な夫たちがいかにも魅力的なのと同様に。

情熱という名の鬼火

白熱の恋愛などがそう何年もつづくものではない。逢い、知り、そして恋に落ちた二人にとって、一、二年は相手という未知の処女地を探検することの喜びと、好奇心と、報いられる期待で、あらゆる時間が輝いているけれど、それが、四年、五年とたてば、お互いの努力や演出なくしては、二人の時間は光が消え、色あせるのは当然であろう。

家庭につながっている夫婦の間では、男女の情熱はとうに失せ果ててしまっていても、そこには共通の生活上の利害で密接に結ばれているから、そう簡単に別れることは出来ないし、心や情熱はさめきっても、肉親的な愛や馴れや、生活の共有の習慣が鎖になって、二人の間は切れようにも切れ辛い。

しかし、生活の根のない恋人どうし、情人どうしの間では二人の関係を支えるものは情熱だけである。この情熱というものが、沼に消える鬼火のように、いたってはかない存在だから頼りきりにすることが出来ない。

私は結婚生活にさえ、若かったから情熱を支えにした生活を夢みていた。自分は夫を恋していると信じ、自分も夫に恋されていると信じていた。見合結婚だったけれど、見合いから結婚までの一年ばかりの間に、私は自分の情熱をかきたてるような熱烈なラブレターを毎日、朝にも夕にも書いて、その頃北京にいた夫に送りつづけた。自分の文章に幻惑されて私は完全に恋する女になりきって嫁いだものだった。

結婚生活というものは、娘時代に思い描くような甘い詩的なものではなく、現実的で散文的な要素が多い。私はその散文的な現実に自分の情熱が次第に衰えさせられるのを感じしきた。

ある日、気がついたら、私は新しい恋に捕われていた。これこそが、恋というものの正体だったかと、私は愕《おどろ》いた。それは自分の恋文で人工的にかきたてた、かつての恋の幻影とは似ても似つかないものだった。

私はその情熱の烈しさに身をまかせ、結婚生活さえふり捨ててしまった。私は軽率だっただろうか。恋の情熱とは、現実の生活の中では保ち難い焔だというのに気づくまでに大して時間がかからなかった。

あれほどの自分の情熱がこうもたやすく色あせ、みるみる焔の輝きを失うのを見ながら、私はもう二度と恋はすまいと思っただろうか。それどころか、私は一つの情熱の衰えを自覚し、蠟燭の火が消える時のように、はかなげに揺れ動くのを見ると、その火をたやさないために、火の消え果てる前に新しい蠟燭をつぎたしたものである。

情熱の焔は再び力強く燃え上がった。しかしそれはもう、以前の蠟燭の力ではなく、新しいつぎたされた蠟燭の火力であった。

燃える火は必ず、衰えるという法則を私はその焔の上にも見た。消え果てることが怖く、私は焔の色が弱まってくると、また本能的に新しい蠟燭をとりあげ、小さくなった焔の上につぎたしていた。

なぜそんな同じ操作を繰りかえしてまで火を消すのが怖いのか私にはわからなかった。いくつもの恋がすぎ、いくつもの季節が流れ去った。

気がついたら、私は、多くの恋の想い出に飾られて、早くも人生の終りの坂道へ足をかけていた。

まったく思いだしたくない恋や人というのがないのが、幸せだった。その頃はどんなに烈しく愛しあった恋も、どんなに激しく憎みあった仲も、それが情熱の火で支えられていた時は、思い出の中では、不死鳥のように輝いてくる。

あの別れ方は不手際だったとか、あの時の別れは今ならもっと傷つけあわずにすんだのにと思うことがあっても、その時々には、それしか方法もなく、身も世もなく、全身で悶えて、自分も人も傷つけあって多くの別れも経てきたようである。

人は生れた瞬間から、死に向かって歩みつづけるように、人は人とめぐりあい、結ばれた瞬間から、別れに向かって歩みつづけていると考えてよいのだろう。

もう、十年くらい前から、私は恋を得ると、これが最後の恋になるかもしれないという感懐を抱いてきた。女が四十すぎて得た恋を前にしてそう思うのは当然だろう。

そして私は、本来の私らしくなく、恋に臆病になり、恋人に対しても気弱になっていた。

もう自分は若くはないということが、無意識に私を卑屈にも消極的にもさせていたのだろうか。

ある日、私はふと、そういう自分に不思議な感じを抱いた。なぜ私はこの恋が最後と決めこんでいるのだろう。私は自分のうちに燃えている情熱の火の火種にじっと目をこらした。私の火種はまだ赤く、透明で、強そうな火力を持っていた。

私は自分の臆病を笑いたくなった。恋をすることは、待つことでなく、歩いていって捕えるべきだという若い日の経験を思いだした。私は花になるより、蝶になりたかった。

私はもう倦怠しきり、退廃の色を濃く滲ませながら、辛うじて、それまでの想い出の歳月の重さだけでつながっていた恋の命綱を自分の手にした斧で断ち切ろうとした。

思いがけないすがすがしさがそこに開け、私は改めて久しぶりの自由に手足までのびのびしてきた。細胞が一挙に瑞々しく若がえるのを感じてきた。

恋に見捨てられたのではなく、恋を自主的に断ち切るのだという自覚と誇りが私を支えた。私は少しは覚悟していた惨めな想いに傷つけられることもなく、軽やかな足どりで新しい道を選び歩きはじめた。

靴も新しくはきかえよう。

私はためらいなく、更に新しい恋に手をのばした。

蠟燭にまた蠟燭をつぎたしたのではなく、私は旧《ふる》い蠟燭を捨てきり、まったく新しい蠟燭をともすことを、はじめて思いついたのだった。

その火種はまだ自分の中に残されていたということが私に自信を与えてくれ、衰えかけていた若さをとり戻してくれた。

やはり、長い旧い恋を断ち切って、西の都から上京してひとり暮しをはじめた女友だちが訪れてきた。

男は彼女が、もう若くはないし、自分の肉体に屈伏しきっているから、決して女から別れてはいかないだろうとたかをくっていた。

女から金をひきだし、自分は妻子と安全な家庭を営み、女のがまんと犠牲の上にあぐらをかいていた。

彼女は、男との生活を思い切る決心をした最後の動機について私に語った。

「ある日、鏡の中の自分を見て、ああ、私はもう若くはないんだなと悟ったんです。その時、私は自分がとてもいとしくなりました。

いろんなことがあったけれど、私は自分の利益のために、男たちの幸福や平安を乱すようなことはしなかったつもりです。どの男も最初は親切でしたわ。でも、ある歳月が重なると、男は女が何をしても当然のような顔をしてきます。私はこれまで、そういう男たちに、つくしたりつとめたりするのが好きでした。ちっともいやじゃなかったんです。でもつくしすぎて、いつでも最後は私が惨めになるのが落ちでした。私は男を甘やかせ、男を退廃させる要素は自分の中にあるのだと思いはじめたくらいです。もう若くはないんだから、これから死ぬまでの間に、いくつもの恋は出来ないんだから、いっそ、もっと純粋に燃焼しつくせる恋を、もう一度したいと思ったんです。これまでの男は私が別れ話を持ちだしても全然信じようとせず、とりあげようともしませんでした。たぶん、私が、例によってありふれた嫉妬で、男にすねたり、だだをこねたりしているのだろうという調子です。それさえほどこせばいいというように、セックスで私をなだめようとかかりました。

私は男に組みしかれ、いくつもの手順で愛撫を受けながら、その白々しさに愕然としました。男が最近になく、手をつくし、努力すればするほど、私の内部はしらけきって、木枯らしのような風が吹き荒れるのです。

男は私のむなしさを勘ちがいして、また自分の性の勝利だとうぬぼれきって、引きあげていきました。もちろん、これまで通り、来たい時に来て、需《もと》めたい時に需める生活を破るなどということは夢にも考えないふうに。

私はその翌日に、荷造りもそこそこにして、想い出の町を引き払って、東京に帰ってしまったのです。ええ、おかげさまでもう仕事が見つかって、結構のんきに暮していますす。別れる勇気は、万難を排していっしょになる勇気より、はるかにエネルギーを費やすものですね。でもそのエネルギーを出しつくして、一つの道を閉じてしまうと、別の道が草の中にかくれていたのが発見出来るのです」

私は彼女のいうことがすべてよく理解出来た。負け惜しみでない彼女の実感は、そのおだやかな口調の中にもしみじみあふれていた。

そうして早くも得た新しい恋について彼女はいきいきと語った。

「愛されるのを待っていた辛さより、自分から愛する積極性をとってから、世の中が前より広く空がうんと高く見えてきましたわ」

私は彼女の語る新しい恋人の若さや純真さを真面目に聞いていた。

「どうせ、彼はそのうち若い恋人を得て、結婚していくだろうと思うんです。でもそれでいいと思っています。私は自分がこれまでの恋の経験で得た愛のすべてを、彼に教えこんで、女をどうやって大切にし、可愛がるかを教えてあげてから、身をひくつもりです。そんなこと出来ないとお思いになって？」

私は、もうこれは老眼鏡よといいながら、レンズの奥で笑っている彼女の目を見つめた。めがねは、薄い紫色のレンズで、ラベンダー色のフレームを持っていた。

そのめがねをかけると、彼女の顔にこれまでにない陰影が出来、頰にも紫の影が落ちて神秘的になった。

「前の恋人は二言めにはきみがどんなお婆さんになっても愛してあげるといいましたわ。でもそんないい方がどんなに女を傷つけているか感じないんです。私はお情けで愛されたいなんて思わない人間ですもの。今の若い恋人は、口紅をつけない方がずっと若いとか、そのめがねよく似合うとか、素直にいいます。私は年より若く見せようとする無駄な努力は彼の前で一切放棄しています。私は肉体の若さより経験のゆたかさで、どんな恋人より彼をある時期幸福にしてやることが出来ると自信がありますから」

私は彼女が喋りたいだけ喋って帰った後、コーヒーカップやブランデーグラスをひとり洗いながら、どの女のうちにも、情熱という名の鬼火が抱かれていて、その火が消え果てないかぎり、いくつになっても、明日の、いや、今日の午後の運命はどう変化するかわからないということをつくづくと感じていた。

（「婦人生活」昭和四十七年九月号）

人間家族を捨てるまで

子供の頃、「家族合せ」というカルタ遊びがあった。医者、弁護士、商人、軍人、華族、教師、金満家、職業や身分別に十家族をあげ、一家族五人ずつの家族構成で、早く、何組もの家族を合せてしまった者が勝ちになるという勝負であった。軍人、国緒守《くにおまもる》とか、金満家、金野成吉《かねのなるきち》などという名がおぼろに今でも思いだされる。主人、妻、息子、娘の外に使用人が加わって五人になっていたと思うのは私の記憶ちがいだろうか。たしか、五人の中に祖父と祖母はいなかったように思う。明治に出来たという家族合せでは、家族を血族だけで構成されたとみなさず、いっしょに暮す他人もふくめて一員とみなしていたのかと面白い。

「北の家族」というテレビドラマを、偶然一、二回みたことがあるが、その中で、あんまり度々、「家族」というせりふが出てくるのに、あきれかえったことがある。そんなにまで、家族家族と登場人物にいわせたり、それがまた視聴者にうけたりすることといい、本誌で、こういう企画がなされるということは、すでに、従来の家族制度が、内部崩壊している証であるのかもしれない。誰が、家族の崩壊に不安を抱くのか。それはたぶん、妻であり、母である人なのではないだろうか。

先日、比叡山横川の行院の写経の会に参加した。毎年、もよおされている会で、私は今年はじめての参加であったが、ほとんどの人がもう何年も来ているという。同じ部屋に、見知らぬ人と、七人いっしょに二泊したが、その時、話が出て、同室の人が、これまで如何に姑にいじめられてきたかという話になった。

一人が喋りだすと、われもわれもという形で、苦労談に花が咲く。彼女たちの語る姑は文字通り、鬼か蛇かというような意地悪婆さんで、彼女たちはそれぞれ相当な資産家で旧家に嫁ぎながら、嫁とは名ばかりで、使用人以下の待遇を受けて三十年も暮してきたというのであった。彼女たちの語る姑の横暴は、あまりに時代離れがしていて、聞いている私たちの方は思わず噴きだしたくなるほどであった。

戦後の教育を受けた現代の娘なら、三日とがまんしないだろう。私はなぜ、そんな仕打ちに耐えて、三十年もきたのかと訊かずにいられなかった。彼女たちはそれに対してはっきりした答をしない。おそらく、夫に対する愛とか、子供に対する愛とかいいたいのだろうが、彼女たちの夫が、必ずしも、いい夫ではなくて、妻以外の女を公然と愛人にしていたりするというのである。

「やっぱりね……家って、なかなか出られないものですねえ」

私はそんな曖昧な彼女たちのことばの中に、家族に対する愛や、家族と家への執着を感じとることが出来た。私の身近な友人の中にも、生活能力が、男以上にありながら、

愛のさめきった夫と離婚しようなど思わず、鬱々と暮している人も多い。彼女たちに訊いてみると、

「やっぱり家族ね、夫はともかくとして、家族にまだ自分が必要とされているという自覚だけでも、家を守っていく意欲は湧くものよ」

という返事がかえってきた。インテリの彼女たちは、今自分を必要としている彼等、つまりは、子供たちにしても、やがて、それぞれの配偶者が出来れば、そちらがよくて、自分を必要としなくなるだろうということくらいは覚悟している。

「先のことを考えれば暗澹だけれど、とにかく、今、自分の存在が家族を支えているっていう感じが、自分を支えてくれてるだけね」

一方では子供のない夫婦が四十年いっしょに暮してきて、やはり別れることにしたと告げてくる人もいる。どうしたことかと訊くと、「離婚の事務的な処理や、体面がわずらわしくて、ずるずるきたけれど、死ぬ時くらい、がまんしないで、ひとりでさばさばして死にたい」というのであった。

また、ある老婦人は、息子夫婦に孫もいるけれど、ひとり暮しが好きだといって、アパートで気ままに暮し、昨今の物価高に恐怖して、さっさと、老人ホームへ入ってしまった。空気がよくて、食べる心配がなくて、安心だという。往年の「婦人戦線」の女闘士だから、家族制度などケットバセという信念を、七十になってよみがえらせたのであろう。私の畏友城夏子さんも、六十五歳になるやならずでひとり住いをたたみ、老人ホ

ーム入りをして、年と共に若がえりいやまして華やかに愉しく人生をエンジョイしている。

子供のない城さんにとっては、年下の友人の私や、孫のような若い編集者たちは、みんな、自分の肉親のように可愛く思えるらしい。城さんから、今、ひとり酒でほろ酔いよという愉しい電話をもらっても、ひとりで淋しいという電話をもらったことはない。負け惜しみではなくて、城さんの性格が、人生をすべて愉しく染めあげてしまうからであろう。

私は、こんなふうに姿を変えて以来相当、神妙に、仏徒としての生活をしているが、だからといって、五十年つちかってきた私の性格や思想が根底から変る筈もないし、変ったとも思わない。

ウーマンリブの女の子や、見知らぬ若い人から、私の得度を聞いて裏切られた、あんたなんかイイーッダ、という便りをずいぶんもらったが、彼女たちにしたって、芯から、私に裏切られたと思えないから、そんな手紙をくれるのだと思っている。得度後、言ったり書いたりしたことで、改めたり、いいわけしたりしなければならないことは何もない。ただ、自分自身に対する自己批判や戒律がきびしくなっただけである。

得度前、私は、しきりに、一夫一婦制度や家族制度は次第に崩壊するであろうと書いたりいったりして、世の主婦族のヒンシュクを買ったが、今でもやはりその考え方は変らない。人間は孤独であり、生きている間の恋も愛もその淋しさをなぐさめるための一時的処方箋にすぎないという考え方は変らない。

人間の愛は不確かであると断定した考え方もまた変らない。

けれども、最近の私は、自分の考え方は自分ひとりのもので、他人が自分とちがう考え方を持っていて当然だと考えるし、自分の考え方を人に強いようとは全く思わなくなった。

人間の一生を決めるものは、その人の性格であり、性格は持って生れたものが大きく作用し、幼時の境遇が、本来の性格をいく分変えるにしても、所詮は、本人の持って生れた性格に動かされて、その人の生涯の道は決るように思われてならない。どんな不幸な境遇に生れても、生れつき向日性の明るい強い人の性格は自分の境遇の不利を切り開いていくし、生れは申し分なく恵まれた家に育っても、生来、陰鬱で、自ら不幸を招きつづける人もいる。

家庭的とか、非家庭的とかいう人間の性分も、大部分、持って生れた性格の中に決定づけられているように思われる。同じ両親から生れた兄弟でも、非常に家庭的な人間と、全く家庭生活に適合しない性格の人間がいるのも屢々《しばしば》見かけることだ。

私自身は、自分のことを非常に家庭的な人間だと、若い頃信じて結婚したし、そのように努めてもきたが、ある時期から自分が全く家庭的でない人間だったことを悟らされるようになった。

私は料理も裁縫もつつましい家計の切りもりも出来ると信じていたし、結婚後、四、五年はたしかにそれをなしとげていたが、家を出て、そういうことをしないで我がままなひとり暮しをするようになって以来、ひとり暮しの方が自分に向いていることを痛感した。

よく人は、結婚しない女や、わけがあって結婚後ひとりになった女を見て、痩せがまんはってるけれど、本当は淋しいにちがいないとか、火の気も灯の気もない部屋に帰った時、どんなにわびしいだろうとかいうが、そういう暮しをしている者は、案外、その中で快適に暮していて、必ずしも他人が同情してくれるほど不幸ではないようだ。

ひとり暮しは二十四時間のすべてを自分の思うままに使えるという幸福を持っている。たとい家族にしろ、自分以外の人間といることは、神経が疲れるという性分の人間だっている。そんな人間にとってはいつでもひとりになれて、ひとりの魂のやすらぎや、快楽にひたれるということは、何物にもかえ難い喜びなのである。

私は二カ月の比叡山行院の修行中、何も辛いと思ったことはなかったが、六十日間、一人になれる時間がトイレに入った時だけというのが最もこたえた修行であった。

私は小説を書くようになって、男と同棲をしたことはあったが、結婚はしなかった。結婚を貫く自信がなかったのだと思う。そして、男と暮している時に、私はいい仕事をしていない。

私の仕事のましなものはすべて、ひとり暮しの中で生れている。とはいっても、私は、秘書やお手伝いにめぐまれていて、ここ二十年近く、全くのひとり暮しということは少ない。身のまわりのことは、なまじっかな血縁の家族よりもはるかに誠意のこもった彼女たちの扶《たす》けを受けて不自由なく暮してきた。

彼女たちの結婚も出産も、家族のように見とどけて、全く折りあいの悪い血縁なんかよりはるかに私たちはしっくり結びあわされて暮している。しかし、私の中にも、彼女たちの中にも、やはり紙一重の遠慮と、節度が残されていて、甘えきってはいない。そこが他人の好さであって私には好ましいのだ。

私の身内にも、非常に血縁どうしで結束の固い一族があるが、彼等の手放しの甘えぶりは見ていて、私にはがまんならない。人間は兄弟といえど、他人のはじまりだという節度が私は好きなのだ。恋人でも夫でも、底なしに馴れきってしまうと互いにのっぴきならない憎悪を抱いた時、収拾のしようがなくなる。

自分以外はたとえ、親でも子でも他人だという思想の方が公平でいいように思う。

日本人は、家族制度の美点を挙げるけれど、家族意識の中には、自分の家族だけがよければいいという考え方があって、一皮むけば実に利己的で排他的な醜いものを内包している。それはひいては自分の国だけがよければいいという考え方に発展する。

人間の単位を一対一で考える方が私にはすっきりする。

家族といえども一人一人は独立した人格なのに、家族制度では、家族の一人が世間的にいわゆる顔むけの出来ないことをすると、家族中が肩身をせまくするし、他人の眼は家族まで責めたてる。そのため、どれほど多くの家族が泣かされてきているだろう。大逆事件の家族たちが半世紀にわたって、肩身をせまくし、世間の迫害に耐えつづけたことや、近くは赤軍派の家族の自殺事件など、その例にあげてもよい。一人の家族の不始末のため、結婚話もこわれるという例は、いやというほど聞かされる。

家族の中の一人が世間的に不都合なことをしでかそうと、他の家族の責任ではないと私は思う。同じ意味で、家族の一人がすぐれたことをして、世間の賞讃を博しても、他の家族までいい気になって威張るのも滑稽だと思う。

ノーベル賞の江崎玲於奈《れおな》氏の母堂の二世子さんは江崎氏が受賞した騒ぎの時、本当に腹だたしそうに、私にこういわれた。

「レオナは昔から頭のいい子だったし、勉強家で努力家だったから、私は何かやる人間だと思ってましたよ。だからノーベル賞もらったって、そうびっくりもしません。でも受賞したのはレオナであって、私は賞と関係ないでしょ。それなのに、ジャーナリズムに追いかけまわされて、自分の生活が乱されてさんざんだったわ。私は、絵を描いていて、時間が惜しいのよ。秋には個展もあるし。子供の受賞でどうして親の私がこんなに追いまわされるのかさっぱりわからないわ」

私は二世子女史のこのことばを全く小気味よく聞いた。

外国では家族といえども鍵のかかる部屋を持ち、個人の秘密が守られている。しかし日本の家族は、たとい自分の部屋は持っていても、鍵などかけず、あってもかけると、他の家族に水臭いと思われるような感覚が残っている。

よくうちでは夫婦親子の間で秘密を持たないことをモットーにしていますなどと自慢らしくいうのを聞く。私は、どんな親密な関係の人間の間でも、全く心の秘密がないなどということはあり得ないと思う。自分のことをふりかえってみても小学生の上級頃は、すでに、親にも姉にも打ちあける気のしない、打ちあけようのない自分の心の城というものが生じていたことを思いだす。

互いの心の秘密を尊重しあってこそ、同じ家に住めもするのではないだろうか。

私は家の中に、家庭的な雰囲気がただよいだすと、落着かなくなって仕事が出来ない。家にいっしょに住んでくれる手伝いが、次第に馴れて、私の気心も、食物の好悪も、暮し方のこまかい癖ものみこんでくれ、かゆいところに手の届くような扱いをはじめてくれると、私は仕事場を別に持ったり、ホテルに出かけたりして、自分をつとめてひとりにしてしまう。

これも私の性格であって、小説家の多くは外から円満に見える家庭を営み、家族にとりかこまれて、およそその生活とは無縁なような小説を書いている人がほとんどである。それもまたその人の性格のもたらすもので、どうということはないが、私は、やはり芸術家や宗教家は、家族などに囲まれず孤独に暮している人の方がなぜか信用出来るのである。

私が出家した時、さまざまな憶測がなされ、私の別れた娘の結婚に、私が嫁入支度を送って、送りかえされたショックが原因だなどという週刊誌のデタラメな記事があった。また聞きの話から、そういうことを信じて語っていた知人の談話もあった。およそ真相とは離れていて、私は今、その真相を語る立場にいないが、今更、私が私の血縁と、家族的な関係を持ちたいなど思っている筈はないのである。だからこそ、私は出家している。出家は、剃髪しなくても結婚してもいいようだが、私は、古風な方法を選びとったのだ。別れた娘との浪曲的再会などを期待している人間が出家などするであろうか。私はたとい別れた娘との間でも、家族とか血縁とかいうべとべとした関係では考えられない人間になっている。人間と人間としての尊敬とか敬愛が生れて、いつか、つきあえる日があればそれで満足だし、よしんば私の気持が絶対拒否されても、今の私は狼狽する筈もないのである。

私はひとりになって、家族持ちの男と、幾度か恋をしてきた。どの男も心がやさしく、家族を捨てるような人ではなかった。だからといって、私との愛がなおざりなものでもなかった。それが運命であったとしか思えない恋の想い出を、私は今も後悔はしていない。男の家族に悪かったという気持もさしてない。なぜなら、私はいつでも男に一度も、家族を捨てさせようなど考えたことはなかったし、男が所詮は家族を守りぬくことを知っていたからである。おかしなことだが、男を愛するあまり、逢ったこともない男の家族まで私は愛していることが多かった。彼等の家族は誰も一度も私に対決を需《もと》めにきたりはしなかった。もし、来ていたとしても、私は殺されても彼等との仲を否定していたにちがいない。それを男が望んでもいて、必ずそうしてくれることを信じていたのを私は知っていたからだ。そういう信頼を男に与えているということは、すでに私は男の恋の対象ではなくなっていたのではないだろうか。愛の対象と恋の対象はちがう。私の恋もいつか情熱が眠り、おだやかな愛だけがそこに存在するようになる。一人の男にとって、長年つれそった妻と夫のような愛は、家庭という城の中にこそふさわしい。男にとって、愛の対象と恋の対象は必要であっても、同じ愛の対象はひとつで充分ではないだろうか。愛する男を解放し、自分もまた解放されるため、私はある日、きっぱりと男に別れを告げる。

何度そういうことを繰りかえしてきたか。そういう繰りかえしの中から私の得たものを私は今、新しい生き方の中に定着しようとしている。

私は休むためや、眠るために今の生活を選んだのではなく、より一層、鮮やかな生き方と、生命の完全燃焼と、全き魂の自由を需めて新しい生活に飛びこんだのである。

釈迦も、西行も、一遍も、ある日、突然、家族をふり捨て、家庭を脱出してしまった。冷酷な人間の仕打のように見えて、彼等が決して冷酷でなかったことは、その後の生活が示している。しかし、彼等に捨てられた家族はその後どう心を収拾したかということは、どこにも伝えられていない。私はそのあたりのことも死ぬまでには納得したいものだと思っている。

(「婦人公論」昭和四十九年九月号)

芸術家の愛

いつだったか、漫画家の近藤日出造さんと対談した時、

「うちの女房が、あなたが漫画家で、小説家でなくってよかったっていいましたよ」

と、例のユーモラスな調子でおっしゃった。勿論話に面白味をつけるためのつくった話だろうけれど、ことほど左様に、小説家の妻というものは辛いものである。

私は、たまたま小説家になってしまったけれど、万一、私に娘や息子がいたら、小説家とだけは結婚させたくないと思う。いや、小説家にかぎらず、漫画家とだって、およそ、芸術家と名のつく商売の人物とは結婚させたくないものだと思う。

芸術家というものは本質的に自己主義で我ままで、気まぐれで、移り気で、人並以上の情熱乃至《ないし》は情欲の持主と相場が決まっている。こういった素質を持ちあわせていないものは、決して上等の芸術家にはなれないのである。

私は、たまたま、田村俊子や、岡本かの子の伝記小説のようなものを書いたし、三浦環のような天才的音楽家についても小説を書いたおかげで、女といえども、本当の芸術家が、如何にデモーニッシュな情熱を持って生れ、そのために苦しめられ、自分も苦し

みながら、周囲の者をも苦しめたかということをつぶさに識らされたのであった。

明治に生れ、まだ婦徳が、儒教的道徳の上に立っていた男尊女卑的風潮の中にあって、彼女たちは、結婚を一度ならずし、一度ですんだかの子にしても、恋人を何人か自分の芸術のいけにえとして生きている。彼女たちが誰も淫蕩だったわけでなく、むしろ、純情な点、純粋な点では、世間の平均以上に、とびぬけていたにもかかわらず、当時の道徳からみれば、あんまりほめられるような生涯を送っていないことを、つくづく考えさせられるのである。

けれども、彼女たちは、自分の中の怪物のような情熱や、悪魔的なエネルギーを、ただ、恋や、情事に浪費したわけではなく、恋や、情事で火をつけたそのエネルギーでもって、自分の内の芸術的才能に点火して、みごとな聖火をかかげて世を照らしたのであった。いわば、自分の脂に火をつけて、その炎で、小説を書き、その炎で、世界をかけめぐって歌を歌いつづけたのである。

こうなればもはや、情火は、浄火であって、後世の私たちにとって、彼女たちの生前の迷いや過ちや、悩みまでも、並々でない非凡な経験のように見えてくる。

このところが芸術の不思議さと怖しさで、だからといって幾千、幾万の凡人が、非凡を夢みて、芸術の殿堂を叩きつづけ、無慈悲にこばまれ、ただ汚辱と過失だけの後悔の中に惨めな生を終えたことだろう。

太宰治の有名なことばに、「撰ばれてあることの恍惚と不安の二つ我にあり」というのがある。何となく憧れ易い魅力にみちたことばだけれど、太宰が、賢夫人と子供たちをのこし、未亡人の美容師と玉川上水で心中し、更にもう一人の婦人に子供を産ませて何の保証も与えず、棄てていることを思えば、芸術家の恍惚と栄光のかげに捧げられる犠牲《いけにえ》の大きさに慄然としないものはないだろう。

萩原葉子さんの「天上の花」という小説があって、田村俊子賞にも選ばれ、大層好評を受けた。

これは一世の天才詩人だった萩原朔太郎の遺児である葉子さんが、亡父の許に出入りしていた詩人、三好達治とのふれあいに心をひそめ、その天才と、狂気にちかい詩人の精神の内奥にせまり、悲惨な実生活を描きあげた、迫力ある力作であった。

その中で、美しい詩を書く詩人の三好達治が、どう眺めても美貌という以外の取柄のない朔太郎の妹に恋をし、彼女が第一の結婚の結果、未亡人になったのを待ちかねて、子までなした妻を離縁してまで、その結婚にふみきり、東京の詩壇も、旧《ふる》い交友もすべて捨てて、福井の海辺の町へ逃れ、そこで凄絶な結婚生活を送る過程がうかがわれる。

三好達治の最初の妻は、佐藤春夫の姪に当たる人だったので、この人との離縁は、三好達治にとっては、生涯の業とする詩をさえも賭けたものだった。

人の心を慰め、人の心をふるいたたせ、人の心に希望や、夢を与える詩人が、女を見る目の浅く、馬鹿馬鹿しいほど幼稚なのに読者は愕《おどろ》かされてしまう。

第二の妻は、美しいだけで虚栄心が強く、自分の身を飾ることと、好きな物をたべることと、金銭をためることにしか興味もなければ、人生の意義も認めない。男の偉さは収入ではかり、人の値打はその身なりでしかはかれない。心のやさしさというものは皆無で、思いやりは全く持ちあわせていない。

たいていの人なら、彼女の美貌のかげにかくされたこういう世俗的な厭味を見抜いてしまうのに、三好達治は、彼女の稀な美貌に、自分の生涯のすべてを賭けて、この恋の達成を願っている。結婚は、文字通り、悲惨を極め、惨憺たるものになった。

夫人は、達治の心の美しさや、やさしさや、愛の一切を認めようとはせず、ただ、彼の経済的甲斐性なさだけを責めたてる。あげくの果てに、愛を抱けない夫の許から如何にして逃げだすかに心を砕く。その脱走が発見される度、達治は狂気のようになって、愛妻の上に及ぶかぎりの暴力を振ってしまう。

萩原葉子氏の筆が、この二人の宿命的な不幸に結ばれた悲惨な夫婦生活に及ぶ時、その惨めさと凄惨さに、読者は息をのまされる。

およそ冷酷、無知なこの罰当たりな妻に、いらだたしいものを覚えさせられると同時に、三好達治ほどの天才的詩人が、なぜ、こうも、下らない女に熱中するのか腹だたしくなる。人間の不思議さ、人間の哀しさに、思わず心が凍ってくる。

三好達治の不幸な、酬《むく》われない愛の経歴を教えられる時、私たちは、西洋にもこれ以上の悲惨な愛に、半生を捧げつくし、酬われることなく淋しい死をとげた文豪のことを思いだださずにはいられない。

バルザックと、ハンスカ夫人の悲恋である。

これは、あくまでバルザックの側からいっての悲恋であって、ハンスカ夫人もまた、達治の妻と同様、生れつき心の冷い、虚栄のかたまりのような女だった。

バルザックが、彼女に捧げた純愛は、達治のそれに劣らず、しかもバルザックは、この夫人の冷酷さに、達治ほどの暴力も振わず、ひたすら、書きに書いて、自分の命を縮め、夫人の虚栄を満たすために、あたら才能と、命を使い果たしている。

けれどもバルザックも、三好達治も、この悲惨な酬われない愛のおかげで、素晴らしい作品を後世に、我々にのこしてくれている。芸術家の愛とその栄光の因果関係は、もっともっと多くの事を私たちに考えさせるようである。

（「主婦の友」昭和四十一年五月号）

Ⅱ

美しく死ぬために

誰かの伝記を書いている時、途中で必ず、私はある空虚感に見舞われ、止めてしまいたくなる。そんな時、伝記は果たして文学たり得るかという疑問にぶっつかっている。昭和三十四年に「田村俊子」を書きはじめ、伝記に筆を染めてから、早くも十年の歳月がすぎてしまった。その間、私は「かの子撩乱」で岡本かの子を、「美は乱調にあり」で伊藤野枝を書き、目下「お蝶夫人」で三浦環を、「遠い声」で管野須賀子を書いている。

俊子との出会いは全く偶然で、たまたま北京で、俊子の知人と親しくなり、俊子のユニークな性格や行状を聞いたことがきっかけだった。私はその時、俊子の作品を一作も読んでいなかったくらい、この明治末年から大正のはじめにかけて一世を風靡した人気女流作家について無知であった。

思いもかけず自分も作家への道を歩むようになって、はじめて触れた俊子の作品にひかれたのが運のつきで、それ以来、私は俊子にとりつかれてしまった。少なくとも私が俊子とめぐりあった頃、作家としての田村俊子は、もうほとんど忘れ去られていた。私には埋もれたものを発掘する探険家のようなひそかな誇りと喜びがあったことをかくせない。

私が俊子に最もひかれたのは、彼女の純粋さであった。純粋さ——私の見た純粋さは、世間の物差ではかる純粋さとは次元がちがっていると思う。男を何人変えても、人の夫を盗んでも、借金をふみ倒しても、友人をあざむいても、俊子は終始何と純粋に生きぬいたことか。私は私の見た俊子の純粋さを、どうしても書きあらわしたくなった。

「田村俊子」を書いたことによって、彼女の背景となった、明治の末年から大正、昭和のはじめという社会と、女の生き方とのつながりについて考えさせられた。そうして「青鞜」の存在と、意義と業績を知ることになった。そのため「青鞜」の同人として出発し、最も華々しい才能の開花をみせた岡本かの子のユニークな生命の燃焼にめぐりあい、「青鞜」によって目ざめ、「青鞜」と共に成長し、「青鞜」の死水をひとりでとった伊藤野枝の早熟な才能と生き方に出会った。

「かの子撩乱」で、俊子以上の強烈な個性と、大きな才能の描く人間ドラマの激しさを追い、俊子以上に純粋なものをかの子の中に発見した。「美は乱調にあり」で、野枝の生涯を追うことによって、私は「青鞜」の時代背景をなしていた「冬の時代」を知ることになる。また野枝の情熱の対象となった辻潤、大杉栄を通して、ダダイズムと、アナーキズムについて目を開かれた。彼らの文学と思想のよってきたる根をたどる作業の果てに「大逆事件」があった。

そこには管野須賀子という、これもまた火のように激しい女の短い生涯が、光芒を放っていた。野枝と大杉栄の恋以上に、大杉栄の思想的師であった幸徳秋水と管野須賀子の恋は私を捕えた。

私はいつか、自分が彼女たちの伝記を書こうと決心する瞬間の感じを、対象を見つけたというよりも、私の方が彼女たちに捕えられ、とりつかれたという感じがすると書いたことがある。この感じは、今も変らない。不可抗力なある魔力のようなものが、いきなり私にとりつくのであって、その瞬間の、目まいに似た衝撃と、ずしっと、肩に食いこむような生理的な圧迫感と荷の重さの実感は、何度繰りかえしても馴れることがない。彼女たちとほぼ同時代に生きながら、彼女たちの誰よりも芸術的天才を恵まれていたため、日本に住みきれず海外で、その天才を開花させ、女の可能性のある極限を世界に示した女に三浦環があった。音楽に無趣味無縁の私が、環に捕えられたのは、他の女たちを書くため、繰りかえしひろげていた明治、大正の古新聞の中からであった。

私が伝記を書く時、途中で虚しさを感じるのは、伝記の要求する、まず正確に、克明に、その人の生涯の言行を伝えるという作業に、自分が時として、電子計算機にでもなったようないらだたしさを感じるためである。と同時に、あったことをあった通り書くのは文学ではないと、私の文学理念が私のペンをおさえこもうとするからである。

それでもなお、こりずに、またしても明治生れの女の伝記にとりつくのは、伝記を書いている間は、自分の貧弱な現実の「生」の上に、もうひとつの、彼女たちの、激しい、ボルテージの高い「生」を重ねて、自分が二重に生きているような豊かな夢と陶酔感を味わわせてくれる魅力に抗し難いからである。

芸術至上主義だったかの子と環はさておき、私の書いた三人の女は、いずれも多かれ少なかれ社会主義の洗礼を受けており、人間の幸福を、社会主義的な社会の構造をぬきにしては考えられないという思想を持っていたし、女の幸福もまた、社会の構造を変革しない限り得られないという主張を信じていた。

それは、彼女たちが真摯に自我を貫き、自分の個性や才能、即ち、自分の中の可能性の極限を見きわめたいと切望した時、彼女たちの成長や、自然な生命力の発露を圧迫し、弾圧してきた社会の無理解や因習の厚い壁に向かって、身を以て孤独な戦いをいどみ、痛ましく血を流して体得した思想であった。

正直いって、私は、彼女たちの生涯を書くことによって、はじめて彼女たちの思想を自分の中に根づけ、定着させたといえる。

しかし私は野枝も須賀子も、社会主義者だから取りあげるのではなく、彼女たちが、自分の生き方を、決して安易な妥協や習慣の中に埋没させないで、あくまで理想主義的な純粋な生命の燃焼をとげようとしたはりつめた生き方に魅せられたから書くのである。

私の選ぶ女たちは、一面からいえば、妥協とあきらめを知らないために悲劇を一身に負ったような生涯を送っている。

俊子は終戦の声も聞かず、終戦の直前、上海の路上に洋車から落ちて死んでいる。

かの子は、ようやく生涯の念願だった小説家としての栄光が頭上に輝こうとした直前、遺児岡本太郎氏の表現によれば、仕事のため脳を破裂させて死んでいる。

野枝は、大震災の時、夫の大杉栄と共に、憲兵隊に拉致され扼殺されている。

須賀子は大逆事件に連なり、ただ一人の女囚として断頭台に消えている。

彼女たちの死の悲惨が、私には世にも美しい聖なる死と映ってくる。なぜ、そう私には見えるのか。そのことだけが書きたくて、私は彼女たちの生を執拗になぞりつづけているのだともいえる。

激しい生と美しい死を。彼女たちに導かれ、私もせめて彼女たちの生命の環に連なりたいと憧れながら、今日も、管野須賀子の恋と革命にささげた、稀有な生の栄光を書いている。

（「朝日新聞」昭和四十三年八月二十日）

私の書きたい女

田村俊子、岡本かの子、三浦環などという芸術家の生涯を書いてきて、つくづく感じたことは、彼女たちが、芸術家としてすぐれていると同時に、女としても、生理的、精神的に、なみなみでない強烈な性能に恵まれていたということであった。三人とも、女としては驚くほど、若々しく、晩年の五十、六十になっても、死ぬまぎわまで女の生理はつづき、女としての情欲はありあまり、死ぬまで熱心に飽きもこりもせず、恋をしていた。

一口にいえば生命力のケタが並はずれなのである。書きながら、その生命力の強烈さに圧倒され、息苦しくなることがたびたびであった。

私は自身を常凡非才の人間と考えているため、彼女たちの天性恵まれた芸術的素質に羨望と嫉妬を感じ、それが激しい憧憬となって、一見無縁と見える彼女たちに結びつけられるようであった。

彼女たちに共通していることは芸術家としての業と、女としての業の矛盾相剋であった。その闘いに彼女たちはバカ正直とも愚直ともいえるまともさで、真っ向からぶっつかり、血を流している。私はそういう彼女たちに、最も強く捕われた。そういう時、彼女たちは、揃って、天才でもなければ、芸術家でもなく、ただの煩悩の強い弱い人間でしかなくなった。

煩悩を克服する方法が、自分の芸術への自負と使命感のようなもので解決されるのも、私には興味があった。

私はまた、煩悩に押し流され、ついに不惑の前に出家する芸妓上がりの女の人の生涯も書いてみた。彼女には、他の三人のような、天性の才がなく、あるのはただまれな美貌だった。やはり出家のまぎわまで飽きもこりもせず本能に流され、恋をしつづけたけれど、それと闘うもう一つの自分がないため、出家という一つの逃避でしかその業苦からのがれることができなかった。現実の彼女より、何とかして、理想化しようと私は作品の中で四苦八苦したけれども、どうしても彼女は私の理想像には近づかず、いたずらに私を疲れさせただけであった。やっぱり私のひかれ、好きになれるのは、本来の女くさい煩悩の他に、もっと高い憧憬にささえられた芸術家の業をあわせもった女の像であるらしい。

醜い低い女の煩悩が浄化される時は、女の煩悩の稚純さが打算のひとかけらをも打ちくだいてしまう時ではないだろうか。

私の書いてきた女たちは、いわば一昔前の女たちであった。明治大正という、もう過去の歴史の霧にかすんでしまった背景の中で今からみればずいぶんおっとりした暮しかたをしてきた女たちだ。

私はそういう女たちの原型を、もっと古い過去の歴史の中にさかのぼり、さがしあてみたいと思う。同時に、戦争を境にした現代の中で、おおよそ愛の不毛のこの時代に、やはり、この種の女として生れついた人間が、どのように煩悩を浄化するか、あるいは手玉にとって生きていくか、ながめてみたい気もしている。

そういう意味で、和泉式部の心の成長と、もうひとり、今の時代の、私よりはるかに若い、ある才能豊かな美女の魂と肉のドライな相剋についても書いてみたい気がする。

私にとって一番意味のないのは、いわゆる「りっぱな女」たちである。私が書くと、どうも才女や賢女をも、色情狂じみた愚女に書き堕すようでいささか気がひける。けれども、まだ、一、二年は、こうしたところで、私の好みにあう女たちの姿を、気のすむように書いていきたいと思っている。


（「東京新聞」昭和三十九年二月十六日）

法事撩乱

今年は岡本かの子の三十五回忌に当たる。

かの子は昭和十四年二月十八日、観音様の日に死んだ。享年、五十一歳、三月一日生れだから、満歳なら四十九歳だったから、早い死といえよう。

かの子の発病は、昭和十三年の年末、油壺の宿へ勅題歌を作りに行くといって、青山の岡本家から珍しくひとりで出かけ、その旅先で脳溢血で倒れ、爾来《じらい》病床についたのがきっかけであった。

なぜひとりで行くのが珍しかったかといえば、かの子は、この時より七、八年前、ヨーロッパ旅行をした時、ロンドンで、第一回の軽い脳溢血をおこし、日本食のレストランで倒れている。それ以後は外出先での万一の発病をおもんばかって、必ず、同宿の新田亀三をつれて出ていた。

新田亀三は、岐阜の産で慶応病院の前途ある外科医だった。痔の手術で入院したかの子に見そめられ、熱烈な求愛を受けて、相当抵抗を示したものの、かの子の生命がけの熱情と純情と一途さにほだされ、遂に職を捨て岡本家の一員として同棲するようになった人物である。

新田家は代々藩の御典医を務めた家柄で亀三は長男だったので、厳父はこの成り行きに失望して、夫婦揃って岡本家に乗りこんで来たが、かの子のけた外れの人物にど肚を抜かれ、かの子のそういう天衣無縫をそのまま認め許しておく夫の一平の底なしの寛容さに圧倒され、結局、息子を改めて岡本家に預けてすごすごと岐阜に引きあげてしまった。

この頃、岡本家には、慶応の助教授で、野球部の部長をしていた恒松安夫も同居していた。松江の産の恒松安夫もまた、かの子の熱烈な崇拝者で、学生時代、岡本家に下宿して以来、かの子の身のまわり一切の世話から、太郎さんの面倒までみさせられていた。ただしこの人は四十歳まで二十年にわたる歳月をかの子一家と暮したが、一人の美少女と恋に落ち、かの子の激怒を受け、心ならずも岡本家から出されてしまっている。安夫と亀三と夫の一平の三人の男性にかしずかれて、奴隷を従えた女王の様に振舞っていた頃のかの子が彼女の生涯で最も幸福な歳月だっただろうか。

私が「かの子撩乱」を書くに当たって、岐阜の新田氏を訪ねていった時、新田氏はしみじみこの頃を回顧され、

「かの子にとっては、三人の男がかなえの三本の脚のように必要だったわけなんです。かの子という稀有な才能と人間を支えるには、その脚の一本が欠けてもバランスがかしいでしまうんです。かの子の健康が恒松安夫が岡本家を出て以来、目に見えて芳しくな

くなっていったのが何よりその間の事情を物語っています」

といった。ちなみに、恒松氏は戦後島根県知事を二期も務めた人である。

この時、新田氏は、男の生き方の中には、一つの偉大な才能、相手が男であろうと女であろうと、自分がこれに惚れこめる才能にめぐりあえば、その才能の全き開花のために、自分の才能や生涯の運命を犠牲にして殉じて悔いないという生き方もある。自分や恒松安夫や、岡本一平までもが、かの子という稀有な女人の魅力に魅いられて、その才能に喜んで殉じたのであって、そういう生き方を男として誇りにしても、決して恥ずかしいとは思わない、と断言された。

夫の許可と公認の許に若い崇拝者の男二人と同居し、かしずかれたかの子は、それだけでも並の女でないことはあきらかだが、五十年の生涯に一人の人間の三人分の仕事も残して死んでいる。

生前から自分のことを、三つの瘤を持った駱駝だと自称し、三つの瘤とは、歌、小説、宗教だといったかの子は、それぞれの分野で一人前以上の業績を残した。

歌は天性の才が自然発生的に流露したもので、昔の歌人でいうなら、額田王や和泉式部のように、詩才のあふれ湧くタイプの歌人だったが、自分では初恋と呼んでいた小説は、難行苦行の末、ようやっと晩年になって開花し、その活躍期間は僅か足かけ三年ばかりだった。大作のほとんどは、むしろ、かの子の死後続々と、一平の手によって世に送り出されたものであった。

宗教は、一平との結婚後、夫婦の間に地獄を見たかの子が悩み苦しみ、その中から必死に救いを需《もと》めたもので、最初はキリスト教に近づいたが納得せず、親鸞の悪人正機の思想に触れてはじめて救われる思いがした。それ以来、十年余にわたる歳月、大乗仏教の研究をつづけ、大蔵経を閲読し終り、あらゆる宗派に通じた。かの子自身は観音を信仰し、一平が買ってきた小さな水晶の観音像を常に肌身離さず身につけていた。

その間、一平の影響で参禅もした。かの子の仏教研究は大僧正の位を贈られてもいいといわれるほど、その道の人たちの間では定評があった。

足かけ五年のヨーロッパ旅行から帰った頃、たまたま、仏教ルネッサンスの気運に逢い、かの子はひっぱり凧になって全国を仏教講演に歩いてもいる。

かの子が仏教から得た思想は、煩悩即菩提で、人間のあらゆる煩悩や悪は、そのまま、人間の生命力を燃えひろげさせる油になると解釈するものであった。そこからかの子独自の「生命《いのち》」の哲学が生れ、かの子の文学の脊髄に据えられる。

しかしかの子は、得度を受けた仏教信者ではなく、あくまで在家の信者であり研究家であったようだ。

かの子の思想では、夫の許可を得て恋人と同居し、あるいは、その生活の中で更に、新しい恋をするというような生き方も肯定されていたが、そこにみだりがましいものはなかった。そういうことがみだりがましくなく堂々と行われるところが、かの子のかの子たる真面目であったのだろう。

最後の油壺の旅にも、後でわかれば、慶応の若い学生を同道していたという。その男は、かの子が倒れたので、あわてて宿を逃げだし、今もって誰だったかわからないが、戦後左翼のさる人物が、あれは自分だと自称していたという噂もある。

病床についてからのかの子は、夫と恋人の二人に手あつく看とられ、何もかもまかせきって、生涯かけて煩悩を燃やしていた小説への野心も、きれいさっぱり忘れたもののようであった。続々と出版される自分の小説に対しても、もう見向きもしなくなり、

「パパにまかせらあ」

と恬淡とうそぶき、一平を淋しがらせている。大好物のそばも、健康な時の美味しさが忘れられないから、不健康な舌でその味を万一けがすのが厭だといって口にしなくなり、鏡も、健康な時の自分の好きな顔は瞼の中に焼きついているから、病み衰えた顔は見たくないといって、一切手にしなくなった。釈尊も観音も美貌でなければ拝む気はしないといいきったかの子の美意識は、死の瞬前に於て、一層強固になっていた。

自分の死は、愛する二人の男に見送られれば満足だから、一切人を呼ばなくていいと遺言したので、一平と亀三はそのことばを守り、二人だけで見送った。その頃、一人息子の太郎は、パリに留学中だったので、死目には逢っていない。

一平がかの子の死を悲しむあまり、一週間も喪を発表するのをおこたり、ひたすら、死人の枕辺で泣き暮していたため、かの子の自殺説、心中説が流れたりした。

夫と恋人は、かの子の顔に死化粧をほどこし、かの子の好きだったパリ製の銀色のソ

ワレを着せ、同じく銀色の靴をはかせ、かの子の好きだった宝石をつけさせ、生ける如くにして、抱きかかえ、多磨墓地に運んだ。

かの子の遺言で火葬にせず、一平と亀三とで小雨に濡れた土を掘りおこし、薔薇の花を敷きつめ、そこにかの子を寝かせ、薔薇の花を降りそそぎ、薔薇の花のしとねにくるまったかの子の上に土がかけられていった。葬式もなく、告別式も仏式ではなかった。

パリで一平のたてつづけに来る手紙で母の死を知らされた太郎は、一日、起き上がれないくらいのショックで嘆き悲しんだ。

一平はかの子の生前から、妻をかの子観音、または牡丹観音と呼び、拝跪《はいき》していたと伝えられている。かの子は女流作家たちの集まりで、

「一平は、私が外出から帰ると、玄関で私を拝むのよ」

と話してもいる。そんな一平だから、さぞかの子の歿後は手厚くまつっただろうと想像されるが、一周忌もまたず、太郎と大して年の差のない後添えをもらって、新しい生活に入った。一平の弟子の近藤日出造氏や杉浦幸雄氏が、

「先生、かの子先生にいいんですか」

と訊いたら、一平は、

「かの子のような強烈な個性とつきあったら、疲れ果てるよ。今度は、およそかの子とちがうおとなしい只の女と暮して俺もやすらぎたいよ」

という意味のことを答えたという。

一平はかの子に仏教への入門の手ほどきがしてやれるほど仏教に造詣も深く、特に禅は一平がかの子を導いた形跡があるが、かの子の死後、どういう仏式の供養をしたのかわからない。

ひたすら、かの子の霊に乗り憑られたようにかの子の遺稿を整理しつづけ、かの子のこの世に残された文学の怨恨をはらすかに見えた。一平の余生そのものが、何より供養になっていたのだろうか。

今度、ふとした話から、太郎氏がかの子の死後、まだ一度の法要も営んだことがないという話が出た。たまたま、今年はかの子の歿後三十五年に当たり、前々から懸案のかの子全集が冬樹社から発刊されるという春にも当たるので、かの子の三十五回忌を営んではという話になっていった。「あんな子不孝な母はないよ。かの子にはいつまでたっても世話をやかせられる。なぜ今頃、俺がかの子の法事をするんだい」と、口ではぶつぶついいながら、根は大変な母想いの太郎氏は「俺のためじゃないよ。これは瀬戸内晴美と荘司さんにそそのかされて、二人のためにやるんだ」と、妙な理屈をこねあげて、そのくせ、いざとなると、愕《おどろ》くべき実行力を発揮して、ばたばたと二週間たらずで法事にこぎつけてしまった。

川崎市寿永寺の荘司高雄住職は、かの子の熱烈な崇拝者で、二子玉川にかの子の文学碑が建った時も、誰よりも熱心に努力してくれた方である。当日は、多磨墓地のかの子と一平の墓前には白梅が二、三輪ほころび、日はうららかで春のけはいがそこはかとな

く漂っていた。地下のかの子は撩乱と笑みこぼれながら、一平に、

「まあ、まあ、太郎さんがあたしの法事をしてくれるんですって、あの照れくさそうな顔見てごらんなさい」

と話しているような気がした。位牌もなかったので、私の実家でつくって届けてもらったところ、一渓斎萬象居士という一平の文字より雪華妙芳大姉というかの子の文字の方が、字数が少ないのに大きく堂々と見えたのがおかしかった。それを届けてくれた私の姉は、

「死んでもかの子さんの方が、一平さんより格が大きいのね」と感じいっていう。

夕方から青山の岡本邸で、太郎氏の創った「生命の鐘」を叩いてかの子の霊を呼び、画架にかの子の写真をのせ、太郎氏の原色の掌の椅子にいきなり供物を置いた奇妙な祭壇の前で、これも太郎氏のデザインのシャギーカーペットに紫の衣の荘司師と、小僧然とした墨染の私がちょこなんと坐り、お経をあげたのは、やはり、世間並の法事とはいえなかった。

線香の匂いも一切せず、新宿「車屋」の出張の板前さんの腕をふるうすっぽんの吸物の匂いが漂ってくる会場は、人でみちあふれ、歿後三十五年たって全集の出るかの子の不思議な生命と人気と魅力の鍵がそこに燦爛と投げだされてあった。

（「週刊朝日」昭和四十九年三月八日号）

取材の奇蹟

私は占いをみてもらったり、人の手相をみたり、また引越に方角を選んだりすることが好きである。

かといって、私はそれを腹の底から信じこんでいるわけではない。人間が迷った時、神だのみや、八卦に頼ったりするのはいかにも凡愚の行いのようにいわれるかもしれないが、もともと私は凡愚なので、そんなことは恥ずかしいとは思わない。ただし、そんな占いを心《しん》から信じているわけでもない。ただ何となく生活に弾みがつくので、やれ方角だとか、やれ大安だといってみるだけにすぎない。結局のところ、行きたい所へ、行きたい日に出かけるし、好きな人は占いがとめても好きになっている。

ただし、私は今もって信仰はもたないけれど、近頃どうも人間の意志とか執念とかいうものは、一つの霊になって、存在するのではないかと思われてきた。

死ねば、炭酸ガスと水になるだけだと思いたいのだけれど、時々、死人の意志とか、執念に出逢うような気にさせる時があって、はたと考えこんでしまうのである。

それはいつでも、私が取材旅行に出た時に限られている。

かの子の時がそうであった。

かの子を書いている間中、私は奇蹟としか呼びようのない目に何度も逢わされた。終いには、もう安心してしまって、このことが知りたいのだけれど、どうもまだ材料不足だ、もう手はつくしきったけれど、何だか物たりないというような時、必ずそれが必要なら、どうせまた、かの子が間にあわせてくれるだろうと、たかをくって待っている。するとは必ず、締切りの前になって忽然と、そのほしい材料が、あるいはそれを教えてくれる見もしらなかった人物があらわれてくるのである。

これも、よく考えてみれば、わりあい月日をかけて、うるさいほど私が誰彼の区別なく、かの子、かの子といい暮していたので、思いがけない人から、思いがけない資料を与えられるという現象で、不思議でも奇蹟でも何でもなかったのかもしれない。

しかし、書いている最中には、いく分とりのぼせているので（とりのぼせて書くところが私の未熟なところだし、私の小説の特徴だと人にいわれないまでも知っている）そんな当たり前のことが、奇蹟のように思えたり、瑞祥《ずいしよう》のように感じたりして、またもや勇気がりんりんと湧いてくるという順序であった。

かの子の恋人である新田という医者に飛驒の山中へ会いにいった時くらい、神秘的に思ったことはない。私は、ただその人物の家のある駅名だけしか知らずに、無鉄砲に訪ねたのだけれど、すらすらと、山奥のその仙境めいた病院へたどりつけたし、時もまた丁度、昼休みという時間で、すらりとその人を捕えることが出来た。

その時くらい、かの子が逢わせてくれたと思ったことはない。その人も突然の私の出現に、心に鎧をきせる閑もなく、かの子へのなつかしさだけがかきたてられたかして、思いの外、うちわった話を、いくらでも話してくれたものだった。

後から、やっぱり、すべては終ったことだし、今になってはもうみんな忘れ去りたいことだから、自分に逢わなかったことにしてほしいという手紙をいただいたが、その時はすでに、私は原稿にして、雑誌社にまわしてしまっていたから、もうどうしようもなかった。やはり、あれはかの子が新田氏の口を借りて、当時を語らせたにちがいないと私はその時、神がかったような気分になったものだ。

同時に、かの子を書いている途中、突然あらわれた太郎氏の実父と名乗る伏屋という老人の出現には愕《おどろ》かされた。

その時は、何とかいうあんまり名も聞かない週刊誌から、私に面会を申しこんで来て、ぜひその老人に逢うようにということだった。そのくせ、その人たちは、その老人に逢わせるために何だかもったいぶったことをいうので、私は面倒くさくなったし、何となく気がすすまなかった。私にしては珍しいことで、かの子のことなら、どこまでも飛んでいく癖がついているのに、妙に腰が重い。それにその老人の妹とか姉とかいう人が健在で、その人から当時の話をくわしくするといってくれているのに私は気がすすまないのだった。

たまたま、かの子の文学碑が建つ前だったのでそれでごたごたもしていた。一応、その式が終ったあとで訪れようといっているうちに、老人は、文学碑のたつ直前、急逝してしまった。私は、それを聞いた時、かの子が老人を呼んでったなと思って、ひとりおかしくなった。あんまり、世まよいごとをいわず、さっさといらっしゃいといって、老人の衿首を摑んであの世へひっぱるかの子の幻影が見えるようだった。その老人に逢わなかったことを私はその後もちっとも後悔していない。どうせ死にかかって、頭のぼけた老人から、大して正確な話は聞きだせなかっただろうと思う。

今度は、伊藤野枝のことで、九州へ行って、また思いがけない奇蹟にあった。野枝もまた、情熱的ないのちの分量のはげしい、執念の女だったから、死んでの後の霊も、強烈で、なかなかおとなしく往生しているとは思われないのである。

こういう人の霊は死んでも意志を働かしてくれるという神頼みを私はかけていた。九川に、野枝と大杉栄の間に出来た魔子がいるということを聞いていたので、とにかく出かけてみた。

魔子さんというのは、非常に気持のしっかりした人で、ジャーナリズム嫌いで、インタビュー嫌いだとさんざん脅かされていた。NHKのマイクに首をそむけたとか、何々新聞の記者に玄関払いをさせたとかいうのである。

とにかく、逢わして下さいと頼んでおいたところ、魔子さんは、西日本新聞社へ、わざわざ出かけて来てくださった。

丁度私の姉と同い年の魔子さんの小柄な姿をみたとたん、私は、郷里の姉を思いだした。

目の美しい気魄の表情に滲み出た人だった。

私と目があってしばらくみつめあった時、魔子さんの強い光りのあふれる目の中に、ふっと、和んだ表情がうごいた。

それからの魔子さんは、実にやさしく、親切で、一日中、私を案内して、まだ生存している野枝の叔母さんを訪ねてくれたり、野枝の郷里の今宿の家へ、海辺をみせてくれたりした。

そのどこにも、インタビュー嫌い、取材嫌いなどの評判をとった人の俤《おもかげ》はなかった。

途中の車の中でも、さまざまの想い出を語ってくれたし、東京で逢うべき人の名も次々と教えてくれた。

あたたかな、やさしい苦労人という感じの人だった。

ただ、話の内容や表現が、九州の町の片隅の、博多人形の製造所の奥さんというだけではいいきれない、知的なヒラメキにあふれていた。

今宿の家にいった時、もう一つ奇蹟が待ちうけていた。

下関にいる筈の、野枝の妹のツタさんが、たまたま、その家に来ているところだという。

魔子さん自身、訪ねるまで、まだそのことを知らなかった次第だった。

ツタさんは、昔は、無口で、ほとんど喋らない人間だったと笑いながら、今は積極的に、しかもいきいきと、当時のことがよみがえるように、想い出を語ってくれた。

そうして聞いている間にも博多湾の波の音が座敷にひびいてくるほど海に近い家だった。

女姉妹は二人で、何もかもうちあけられていたというツタさんの話は、野枝の書いたものや、大杉栄の書いたものの中にはうかがえない面白いものがあった。

辻潤も大杉栄も、野枝は郷里に度々伴ってきている。

二人に逢っているツタさんの比較論など、どの書物にもないものでリアリティがあった。

辻潤の尺八と野枝の三味線で、夜ふけまで波の音を入れて合奏した新婚の甘さや、大杉栄が、毎日、この海辺の家で、大きな体をかがませて、赤ん坊のおしめを洗っていたなど、想像の外の話ばかりだった。

私はここでも野枝の執念を感じ、私が彼女を書いてもいいという許可を彼女の霊から聞いているような気分になった。

そう思わなければ、こんなうまい工合に下関の人が博多に来てくれているものかと考えながら――。


（「文芸」昭和四十年四月号）

おしろいの中から

宇野千代さんは小説を書く時は、きれいにお化粧して、好きな着物をきちんと着て机に向かうと書いていられた。佐多稲子さんは、匂いのいい石鹼で掌を洗いペンを持つのがすがすがしくて好きだと書いていられた。大正のはじめ美しい烈しい小説を書いた田村俊子もまた、自分はいつでもおしろいをつけていて、おしろいの中から小説が生れると「女作者」の中に書きのこしている。

三人の作家が三人とも女流作家の中でとりわけ美しい人々であるのは、何か偶然でない気がする。

この四月十六日は北鎌倉の東慶寺で、田村俊子の十七回忌の法要が営まれる。俊子の本当の死亡は昭和二十年四月二十六日であった。俊子の死んだ上海から東京の岡田八千代さんのところへ死亡通知の電報が届いた時、二十六日を十六日と誤っていたため、それ以来、十六日が命日だと信じられて来たようである。したがって、これまでの年譜にも、四月十六日死亡となっている。私はたまたま「田村俊子」を書いていて、この誤りを発見した。それでも毎年行われてきた俊子忌の日を変えるのは、いろいろ不都合な面もあるので、これからもやはり十六日に俊子忌をやっていくそうである。

　今度の十七回忌には田村俊子の文学碑も建つことになっている。場所は東慶寺の、あの有名な駈け込み石段を上りつめ境内に一歩入ったすぐ左の地点である。スオウや桜や牡丹の咲く床しいこの庭の中でも、その場所は終日陽がふりそそぎ風の吹きぬける明るくすがすがしい場所である。

　石は向島の永井平三郎さんという植木屋さんのところで、湯浅芳子さんが二年も前から見つけておいたものである。この永井さんの家というのが、偶然、幸田露伴の住んでいた隣りで、永井さんは露伴の将棋相手で、ほとんど毎日のように露伴の家に呼ばれていたのだそうだ。露伴にもらったという将棋盤が今でも永井さんのところにはある。その露伴の家こそ、俊子が十八歳から二十二歳頃まで露伴の唯一の女弟子として、毎日のように通っていた師の家であるのも因縁めいている。

　石は伊勢の青石であまり大きくない自然石である。形が何ともいえずやさしく女らしい。ふっくりした石肌もなめらかにあたたかそうで柔かい。石にも男と女の性質があるとしたら、その石はまさしく女石という感じがする。堂々とした立派さはないけれど、おしろいの匂いと感触をこよなく愛し、おしろいの中から女の愛と悶えと自我を唄いあげた美しい「女作者」の碑としては、いかにもふさわしい感じがする。

　石の表に彫ることばは、「俊子会」の方々が、「女作者」の中から選びだされた。

「この女作者はいつも白粉をつけてゐる。この女の書くものは大概白粉の中から生れてこれより外、俊子の碑にふさわしいことばがあるだろうか。さてその字を出来れば俊子の筆蹟にしたいということから、私にその文字を探す役目がおおせつかった。

俊子の友人に出した自筆の手紙はたくさん残っているし、恋人の鈴木悦への手紙もそっくり山原鶴先生のところに残っているけれど、手紙の字はとらず、原稿の字を探すようにとの事であった。原稿は、俊子が中国へ渡る前、雑司ヶ谷の山原先生のところへ、焼き捨ててくれるようにとあずけていった反古が百枚ばかりそっくり残っていた。それらは文字通り反古で、原稿用紙の表にも裏にも細い万年筆で書きなぐっているものである。昭和十一年から、同十三年までのもので、ほとんどが文芸時評とか、短い随筆らしいものの下書であった。当時俊子は一々、清書をしていたらしい。途中で書くのをやめ、突然、生活費らしい数字の加減がこくめいにしてあったりするのも俊子らしい。

その書きなぐりの中から、比較的ちゃんとした字をひろい出し、一字一字つなぎあわせて右の文章につくるのが私の仕事だった。どんなに丹念にさがしても「白粉」と「大概」という字がみつからない。「女」とか「作者」という字はいくらでも拾いだせた。しかたがないので、かなで「おしろひ」をつくり「大がい」にしてしまった。あとは一つ一つのかなをつなぎあわせればよかった。ひとつの単語がよせあつめの感じがしないよう、上の字と下の字の筆の流れがつづいて見えるよう、さんざん苦労して、どうにか出来上がった時はいつのまにか夜が明けていた。

それを写真にとり引きのばした時、私は思わず歓声をあげた。真白な紙に美しい俊子の字が、流れるように黒々と浮び上がっているのである。それは全くいきいきとして、そのことばのため一気にペンを走らせたとしか見えない。書きなぐりと見えたペン字が、実物の何倍もの大きさにのばしてみて、いかに勢いのこもった立派なうまい字であったかが判明した。

今それは石屋にわたり、あの緑の石の面に彫りきざまれている頃である。

生涯の大半を異郷に放浪し、晩年は失意と孤独と窮乏の中に、惨めな死をとげた情熱の「女作者」が、おしろいの中から今生きかえって来ようとしている。

乱調の美をこよなく愛す

つい最近、ある若い女性から「女性の地位は本当に向上したのでしょうか」と聞かれたことがあった。「五、六十年前と比べてみればわかるけれど、いまは家族制度が崩壊しているし、表向きではたしかに向上していますよ」と答えたように思う。

たとえば明治のころには、女は結婚の自由はもちろん、離婚の自由さえなかった。親に無理じいされて結婚し、夫から虐待されても、いったん嫁いだ以上は、辛抱を強いられた。親が決めて見合いをし、結婚するというのが当たり前のことで、それに対して娘が反対するということはあり得ない。そのころの結婚の形が、そうだったのである。

いまはといえば、恋愛でも結婚でも、まったく自由になり、明治、大正といった時代からみると隔世の感がある。そうした点だけみれば、少なくとも女性は自由になっているし、ある意味では女の立場が向上していると思う。

家庭内の嫁姑の関係でも、明治、大正の嫁の立場は、非常にみじめだったし、嫁は道具の一つに過ぎないという具合で発言権などほとんどなかった。

むかしの婦人雑誌の身上相談をみると、残酷物語みたいな嫁の立場がでてくるが、いまは〝ババ抜き〟といわれるほどで、少なくとも残酷物語みたいなことはない。むしろ恐れているのは、姑の側だ。

そういう意味で、嫁の立場が向上しているというのは、当てはまるかどうかわからないけれど、強くなっているのは事実だ。

同じようなことが、妻の立場についてもいえる。人妻のよろめきというのも、いまはもう珍しくも何でもなくなった。むかしは、家で男がいばっているのが当たり前で、女がそういうことをすれば姦通罪呼ばわりされ、絶対にできない。そういうケースがあっても、大っぴらにはできなかった。そうしてみると、いまの女性はむかしに比べて、はるかに図々しくなっているのかもしれない。

では親との関係は、どうだろうか。

いまの若い女性、たとえば学生運動をしている女の子にしても、親をつかまえて、「あんた」と呼び、「あの人」と表現する。少なくとも、親との関係を、つき離して考えている。母親たちは、まだ親子の情からふっ切れないでいるから、あわてふためいている人が多い。けれども若い人たちは、親とか家というものを、初めから捨ててかかっているらしく、いとも簡単に家を出る。むかしの若い女性が悲壮な決心をして家を出た、という形ではなくて、むしろ足蹴にして出ている。

数年前、明治後期から大正期という転形期の時代を、身をもって生きた伊藤野枝の半生を「美は乱調にあり」という伝記小説に書いたことがあった。伊藤野枝の火のような野性の情熱と、その強烈な生き方、女権運動の一つの旗となった雑誌「青鞜」での活躍ぶりを捕えた。その時代に女が何か自己主張をしようと思った場合は、まず家や家族、つまり家族制度そのものと戦わなければならなかった。

青鞜派の人たち一人一人をみても、地方出身の人は、いずれも家出をして上京してきた。地方で頭がよく進歩的な考えの女性というのは、親の決めた結婚に反対して家を出たり、一度、結婚しておいて飛び出すという形で、とにかくまず、家との戦いがあった。いまの若い女は、そんなことで悩み、苦しむということはない。それだけ自由になり、立場が向上したともいえるが、本当に意識の面で、女性が間違いなく向上しているかというと、それは非常に疑問だ。

むしろ、明治のころの、抵抗がきわめて強いなかで、自分を成長させようとした女性のほうが、はるかに意識は高かったと思う。

〝女性上位〟の〝上位〟という言葉は、非常にジャーナリスティックで、無責任な言葉だと思う。上とか下とかということなく、人間すべて平等である。むかしは、男女にも差別があったが、それは階級差別で、それがなくなるのはいいことであろう。

ただ、立場を強くするためには、責任がともなってくるということを、考えなければならない。戦後の女性の特徴として、権利は主張するけれど、責任はなおざりにしている。その点で実質的な重味がないのである。

しかし、反面、男性が〝女性上位時代〟と呼ぶのは、男性の卑屈さ、うしろめたさを隠すためのものかもしれない、とも思う。

明治のころに比べると、男の能力が低下してしまったことは事実で、明治のころの夫というものは、どんな裏長屋の人でも、男が女房や子供を養うということが、一つの条件だった。亭主関白で、いばるだけのことをしていたのである。ところがいまは、女房を養えない亭主がザラにいるし、男が頼りない時代になった。だから、男は女をおだてて、女に地位を与え、責任を持たせたら、という勘定に違いない。

しかし、それはいいことだ。何も一家の働き手が、男でなければいけないということはないのだから。それより問題なのは、女が養ってもらうという状態に、安住していることだ。女が男に養ってもらっていて、それで女の立場を認めろといっても、それは無理というものだろう。

かつては、男に従順に従うことが、女の美徳とされていた。しかも、その歴史は長かった。そのために、女が自分で考え、自分で行動し、自分で自分に責任を持つということを忘れさせてきた。

これからは、それではだめなのである。女は権力を持たなければ、何もいえない。差別はないのだし、権力さえ持てばよい。そのためにも、女性は、仕事を持つべきなのだ。男に頼り、男に養われ、しかもそういう立場しか許されなかった女が、自分自身の足で立ち、自分の手で生活の糧を得る。こうしたことを、女は誇っていいのだと思う。

仕事を持つといっても、何も外へ出て働けということだけではない。経済力を持てという意味で、たとえば家のなかで内職ができるなら、それをやればいい。そうでなければ、一家の主婦の仕事や育児を、職業だと思いなさい、といいたいのである。

ただ養ってもらおうと思うから、ルーズになるのであって、職業だと思えば、いいかげんなことはできない。その場合、お金を夫にちゃんと請求すればいいし、払う能力がなければ、負けてあげたり、貸金にしてつけてもいい。そうすれば、自分はこれだけのことを家庭の中で働いていると思えるし、精神が自立するのではないだろうか。

要は、養ってもらおうと、思わなければいいのである。ところが、いまの奥さんたちをみていると、たとえば家事も、育児もいいかげんにして、朝早くからテレビの「モーニングショー」などに、大勢きている。

「あなたたち、ご亭主にごはんを食べさせてきましたか」

と聞いても、誰も食べさせてこない。それで、美容院でセットしてくるのだから、一体どういう神経なのだろうか。

家のことをきちんとしようと思えば、朝から晩まで就業時間が長いし、職業の中では、主婦がいちばん大変だと思う。何か話すことがあるならわかるが、マイクを向けても、たいしたことをしゃべらないし、馬鹿げている。

ちゃんと、ご亭主に朝の食事をさせ、子供を学校へやるようにして出てくるなら、社会見学だから一回ぐらいはいいだろう。だが、ごはんも食べさせないで出てくるのはおかしいし、第一、自分の職業をいいかげんにしているということではないか。夫の靴を磨いてやらないのが当たり前みたいに、「自分で磨きなさい」という妻も多い。矛盾しているようだが、そういう仕事をするのが主婦という職業だと思う。夫は働き、疲れて帰ってくるのだから、自分の靴も磨こうとはしない。それを「靴を磨いたりしては妻の沽券にかかわる」というふうに思うのは、単純な考え方ではないだろうか。

いずれにせよ、女は仕事を持つと強くなるが、本当に長い目でみれば、能力のある人は社会に出て仕事をするほうがいいと思う。家の中のことはパートタイムで働く家政婦がもっと多く出ていいのである。

女がごはんを炊き、洗濯し、掃除するのはむかしは、それが安上がりだから、男が主婦の仕事だと決めていた。いまでも、お手伝いの給料が高くて引き合わないために、仕方なく主婦が家のことをしているわけだ。たとえ女が働いて、その給料を全部、家政婦にあげてしまっても、能力のある女性は働いたらいいと思う。しかし、いつやめてもいいという腰掛け的な働き方でなく、その女性にその職場でやめられたら、どうしようと思われるくらい有能な人になるべきだろう。

いま程度の女の働き方で、「働いています」といっても考えものである。力を入れて一人前にしたと思うと、すぐお嫁に行ってしまう。女の場合、お嫁に行くというのは、絶対的な理由になっているが、男の場合は考えられない。あの人と結婚するので、仕事をやめますという男はいないだろう。むろん、両親の家業でも継ぐなら別だが……。

伊藤野枝の場合は、十六歳のときに知らないうちに親に決められた結婚をし、その後、辻潤、大杉栄と三人の夫と交渉をもち、七人の子供を産み、二十八歳の短い生涯を閉じた。大杉とともに虐殺されてしまったのである。野枝は夫と子供を捨て、栄は妻を捨てた。当時の道徳からいえば、非常に不道徳なことをしたわけで、ずいぶん世間から弾劾されたが、それにめげずに二人は恋愛をつらぬき、まっとうして死んでいった。青鞜派の人たちは、世間からは馬鹿にされていたが、意識はいまの人たちより進んでいた。やったことは龍頭蛇尾みたいになったが、のろしを上げたということだけでもすごい。それ以後、誰も行動していないし、あの時代の人たちは、もう一度、評価され直してもいいと思う。

計算を度外視した愛情という点では、男女とも同等の立場が成り立っていいのだが、女が男を愛するということは、自分の喜びよりも相手の喜びを、ということで、結局は無償になってしまう。

浄瑠璃にみられる女の愛情、たとえば義理で身を引くなど、まったくばかばかしいし、義理のために心中するのも、あほくさい。だけど、愛するがゆえに自分を犠牲にするというのは、人の心を打つのだろう。あの自分を無視した男へのつくし方というものは、永遠に通じるものなのだろう。

私のところに、よく「私はこれだけのことをしているのに、相手は……」という身の上相談がくる。ほとんどの人が「自分はいいけれども、相手が悪い」という。よく考えてみると、それは本当に相手を愛しているのではなく、相手に不満を抱いていることである。しゃくにさわるのなら、結婚しなければいいのだ。

最近「性の退廃」などといわれているが、決して、退廃とは思わない。むしろ、もっともっと乱れていいと思う。これまであまりにも性を重大視し、神聖視しすぎていたことから、かえって、ゆがんだ行為を生むようになっている。

誤解されるかもしれないが、私はフリーセックスの時代がきたほうがいいと思う。一夫一婦制というのはナンセンスだし、現にもう壊れている。家庭が崩壊するようでは、一夫一婦制の魅力はなくなるが、結局のところ、多くの人びとにとって、一つの家庭の中で子供を産み、完全に教育できるという時代ではなくなっているように思う。ついこの間まで、男と道でおじぎをしてもいけない時代だった。こっけいなことだが、それが事実だったのである。男の子と海岸へ遊びに行っただけで、退学させられたし、刑事がその家へ踏み込んで、日記を見るという考えられない時代だった。

いまは処女膜すら売っている時代になってしまった。あくまで自分が責任を持てばいいのであって、処女だから貴いということはない。もし男性が「処女でなければ結婚しない」というならば、それは女を軽蔑していることなのだ。処女でないから、お嫁に行くときに、程度を落とさなくてはいけないとか、そんなことはぜんぜん心配する必要はないのである。

そうした意味で、まず処女性に対する神話を打ち破らなければならないだろう。とはいえ、現実にはもう打ち破っていて、むしろ処女が珍しいくらいになっている。私はそれでいいと思う。

男は自分で童貞でもないくせに、処女にこだわる。男も女も、そんなことにこだわることはない。非常にくだらないのは「処女を奪われた」とかいって、相談にくることだ。このごろは、男もいってくる。

「童貞を奪われたけど、どうしたらいいでしょう。婚約者に悪い。酔っぱらって、ホステスに童貞を奪われた。彼女にすまないと思います」というわけだが、これほど馬鹿げたこともないだろう。

処女を失ったぐらいで、人間は変わらない。遊び半分では考えものだが、むしろ、本当の恋愛なら、女は男をたくさん知るごとに練れてくる。成長するのである。

戦前は「あの娘は、嫁入り前にしくじった」などというと、外を歩けなかったし、当たり前の結婚ができなかった。いまは、結婚して六カ月ぐらいで子供ができている。子供ができたから、あわてて結婚したというのが多いようだ。かりにそうであったとしても、愛し合えば、かまわないと思うが。

フリーセックスのみならず、何でも新しいものは、いつもその時代には反秩序で、反道徳的なものと見られるものだ。学生運動にしても同じことだろう。最近裁判所へ行き東大裁判など、いろいろ見ているが、本当に裁判ぐらい馬鹿げたものもない。その愚劣さは、実にひどいもので、あの様相では、本当に反秩序にならざるを得ない。学生の味方になってしまう。

秩序側は要するに、自分の立場を守るというだけのことであり、その立場というものが、体制側に組み入れられて、じっとしていれば、絶対に保障されているから、親方日の丸というわけなのだろう。

いま、ある週刊誌に伝統芸術の話を書いている。そこで感じることは、政府や識者がいくら「伝統芸術を守れ」といっても、彼らの生活を保障してやらずに、どうして伝統芸術が守れるか、ということだ。

たとえば人形使いの生活だが、これは実に大変なものだ。三十七歳の人形使いがいるが、公演で地方へ行ったりして得る収入は、去年の例を見ると滞在費、旅費を全部入れて年収六十六万円。課税対象になる所得額だが、いかにも少ない金額だと思う。ホテル代などを引けば、おそらく四十万円ぐらいに違いない。嫁をもらい、子供を育てろといっても、どだい無理な話だし、これで人形使いになれと叫んでも、誰もならないだろう。

足使い十五年とか、手が十年とかいって、二十五年たたないと主《おも》（人形の主体の部分）を使わしてくれない。辛抱が続かなくなって逃げていくし、結局は安直なところで稼ぐようになってしまうのである。

むかしは、それでもやる人がいた。だが、むかしのお金と、いまのお金は違う。そう考えてくると、「伝統芸術を守れ」という以上は、たとえば桐竹紋十郎が人間国宝とか、文化功労者とかいうけれど、そんなことより、もっと、若い職人や芸人を守るためには補助金を出すとか、具体策を考えていくことが肝心であろう。

第一、いまは親方が弟子や芸人をとれない。自分たちの生活がきついし、若い人たちは、むかしのように無給料では働かないからだ。

「わてらが亡びたら、この西陣はおしまいですわ」

ある職人がさびしくいっていた。そういう調子だから、西陣を作る人が死ねば、はたを織るための杼《ひ》とか筬《おさ》とかまでなくなってしまう。この先、いったいどうするのだろうと、心配でならない。

織元などがお金を出して、そういう人たちを養成すればいいのだが、少しもやらないし、目の前ばかりを見ている。万国博で大工が引っぱりダコになり、それでいいような気になっているのだろうか。芸術院会員などに出費するより、もっと職人学校とか、職人を養成するために、文化庁あたりが予算を出すべきではないかと思う。一代きりで終わるような仕事がたくさんあって、将来のことを思うと、本当に恐しくなってくる。

日本人というのは、自分本位の国民である。だから、自分の庭にさえ花が咲いていればいい、自分の家さえ陽が当たればいい、という感じになりたがる。自分の家族さえ幸せならばいい、というマイホーム主義が圧倒的に多くなるのである。

女が自分で考え、自分で行動し、自分で自分に責任を持つようになれば、少しは世の中が変わるのではないだろうか。

（「潮」昭和四十五年四月号）

ウーマンリブの元祖

高群逸枝を主宰者とする「婦人戦線」は、昭和五年三月に創刊号を出している。明治四十四年九月、平塚らいてう主宰の「青鞜」が生れてから、およそ二十年後の誕生であった。「青鞜」が東京の中産知識階級の家庭に何不自由なく育てられた、幸福な娘として、親の財力で、最高の学校教育を受けた、らいてうによって主宰されたのに対し、「婦人戦線」の主宰者の高群逸枝は、九州熊本県の片田舎に貧しい小学校校長の娘として育ち、早くからプロレタリアとしての自覚を持っていたし、女学校も、貧乏のため中退している。

近代思想と当時呼ばれていたブルジョア個人主義思想に目醒まされた二十代のらいてうたちは、「青鞜」に拠ってわが国最初の、女性の個人的自覚の第一声をあげた。「自我の確立」とか「婦人の自己革命」とか「因習打倒」とか高唱し、婦人を圧迫するあらゆる封建的諸制度や、男性専制主義に敢然と抗争したこの運動は、抽象的な思想文芸運動の範囲を出なかったけれど、当時のジャーナリズムからは徹底的にからかわれ、猛烈な非難、攻撃の矢面に立たされた。「新しい女」という「青鞜」の同人に対する呼称は、皮肉とからかいの嘲蔑《ちょうべつ》がこめられていた。彼女たちの言動は逐一、ゴシップ欄でスキャンダラスに扱われた。

その感じは、丁度、現在、ウーマンリブの若い人たちが、何かを言い、行動する度、ジャーナリズムが恰好の餌食として飛びつき、徹底的にからかい、嘲笑を浴びせかけるのと何等変っていない。

五一年たっても、わが国の男性の女性蔑視の意識は、たいして改まってはいないようである。

しかし、「青鞜」の蒔いた種子は、決して、男性の悪意や、因習の毒に殺されることなく日本の津々浦々にその種子は飛び地中に深く生きつづけ、根づいていた。その証拠に「青鞜」の廃刊後も、欧米の婦人問題の書物が続々紹介され、大正前半期は婦人問題研究の全盛期の観さえ呈している。

「青鞜」創刊十年後、欧州大戦によって、わが国の資本主義は、急激に異常発展を遂げ、婦人の労働力が必要とされ、婦人の社会進出がうながされる一方、資本主義の毒も廻り、失業者はあふれ、中小企業者は没落し、インテリは行き詰り、家庭では母子心中、棄児、児殺し、堕胎と、悲惨は全国的に拡がっていった。

またその反面、無産者の階級的自覚は急速に進み、運動理論としてマルクス主義の研究は流行を極め、マルクスボーイ、マルクスガール横行の時代となり、マルクス主義にあらずんば人にあらずの観になっていった。

こうした時代思潮の中で誕生した「婦人戦線」は流行のマルクス主義をとらず、無政府主義思想に拠り、産声をあげたのだった。

二十年前、人間として個人的自覚に出発したわが国の女性たちは、遂に無産階級者としての婦人の社会的自覚に到達し、新しい自治社会の建設へ、新しい母性文化の創造を目ざして立ち上がった。彼女たちのかかげた宣言は、

一　われらは強権主義を排し自治社会の実現を期す。

強権否定！

二　われらは男性専制の日常的事実の曝露清算を以て一般婦人を社会的自覚にまで機縁するための現実的戦術をする。

男性清算！

三　われらは新文化建設および新社会展開のために女性の立場より新思想新問題を提出する義務を感ずる。

女性新生！

という勇ましいものであった。

毎号、「家庭否定」「ブル・マル・男をうつ」「性の処理」「女流糾弾」「無政府恋愛」「都会否定」等々の特集を組み、結構、読みごたえのある、個性的な編集をしている。全号を通じて確固としているのは、反権力、反政治団体の立場をとっている点であり、啓蒙より糾合を目指していることであろう。

逸枝の他、住井すゑ、城しづか（現在夏子）、望月百合子、松本正枝、白石清子、竹内てるよ、神谷静子等、二十人たらずの同人で発足したが、七カ月後には十倍の同志と百倍の読者を得たと発表した。

面白いのは、毎号の特集が、その題名を見ただけでも、非常に今日的であることであり、中身もまた、現代の婦人雑誌にそっくり載せても不自然でない新鮮さを持っていることである。高群逸枝はペンネームを三つ四つ駆使して大活躍しているが、格調の高い論文調の文章や、詩的な情緒的文章や、わかり易い啓蒙的な文章を縦横に使いわけている。たとえば「家庭否定」特集には、

自由と家庭　望月百合子
女性の社会主義　松本正枝
次時代の家庭　住井すゑ
貞操観の展開　伊福部敬子
家庭否定論　高群逸枝

といった論旨が並んでいる中で、逸枝の家庭否定論は、他の論文に比べて、つとめてくだけた平易な文章を選び、「ねえ皆さん」という呼びかけの話しことばで書きすすめてある。

《（略）兎に角、多くの家庭がうまくいっていないことは事実で、徳川時代に書かれた「庭訓」とか、「女鑑」とかいう書物を読むと「女は邪険で、陰悪で、姦《かん》（譎《けつ》）だ」と毒

づいてある。古くからの家庭で、女がいかにモテアマされていたかが分る。つまり女の「人間性」が、家庭というものと、いかに衝突してきたか。これまでの家庭主義者は、「女よ家庭に従順であれ。そうしてこそ家庭悪はなくなるのだ」といってきたが、なくなるどころか、いつまで経っても、却って多くなるばかり。そこで目ざめた婦人は、「家庭をケトバス」ことが唯一の最上の手段であることを知った。

家庭とは何か。元来それは豚小屋と刑務所を意味しているではないか。（中略）

では、（ケトバスには）どうしたらいいか、それはわけはない。第一にはまず意識の上でケトバスことだ。第二には家庭外の職業に目ざめることだ。わが国の職業婦人（労働婦人）が、職業を嫁入り前の一時的の仕事であるとしている間は、家庭は決してケトバセない。第三には自己の（夫のではない）生活力に確信がない限り、子供はなるべく生まぬようにすることだ。第四にはタトイ精神的にだけでも、イツ何処へ投げ出されても平気でいられる、つまりヨクいえば大悟徹底の域、ワルクいえば多少スレている域にあることを必要とする。これだけの条件を具備していれば、その婦人は、もはや、現在の社会においては、最大限の程度に、家庭をケトバスことが出来る。たとい形の上では家庭らしいものを営んでいるとしても、その実質においては、ユウユウと、ケトバして生きていられる。（後略）》

四十余年昔の文章が、何と現代にすんなりと通用することか。

（「週刊朝日」昭和四十八年六月二十二日号）

私の取材ノート

先頃なくなられた平塚らいてう女史の自伝「元始、女性は太陽であった」の上巻が出版された。発行元の大月書店からの依頼で、私は帯の宣伝文句を書くことになり、その場で引き受けた。わずか二百字たらずのことばを書きながら、私は感慨無量で胸がつまるのを感じていた。

「らいてう女史なくして『青鞜』は生まれなかったし、らいてう女史なくして『女性解放』の声はおこらなかった。今度、待望のらいてう自伝が刊行され『青鞜』誕生の経緯のすべてが明らかにされる。これこそは日本女性史の輝ける金字塔である」

私は生前のらいてう女史に、ついに一度も逢っていない。

「田村俊子」「かの子撩乱」「美は乱調にあり」「お蝶夫人」「遠い声」「余白の春」と書きついできた私の伝記系列の作品の中で、私は田村俊子、岡本かの子、伊藤野枝、三浦環、管野須賀子、金子文子という、日本の近代史の中では、強烈な生を生き抜き、それぞれに美しい死を遂げた女性たちを書いてきて、今、なお、書きついでいる。彼女たちの生きた時代の証人であり、最も彼女たちとかかわりのあった平塚らいてう女史に、私がこれらの作品を書く上で、一度もお目にかかっていないということは、常識では考えられないことであった。第一、私は女史の文章を自分の作品の中に多く引用させてもらってもいるし、女史自身についてもずいぶん書かせてもらってもいる。当然、ご挨拶に上がるのが、礼儀でもあった。それなのに私はその礼を失したまま、ついに女史の死を見送ってしまった。私は普通程度の義理堅さは心得ているつもりの人間だし、形式上の義理堅さではなく、心の中で、本気で義理や礼節を守ろうとする古風な面もある人間のつもりでいた。それなのに、らいてう女史に対してだけは、生前、当然のご挨拶さえおこたったまま、取りかえしのつかない悔いをいだいてしまったのはどういうわけなのか。

女史のご病気が悪化した頃、私は新聞社から、刻々のように報らせを受けた。私は最初の報らせを聞いた瞬間、水を浴びたように思い、絶望的になってがっくりしてしまった。すぐ、その場でご病床に駈けつけることがいいのだとわかっていながら、今更という自己嫌悪から、私は書斎の椅子から立ち上がる気力もなかった。らいてう女史が、私の長年にわたる無礼に対して押え難い憤りを持たれていることを、私は、誰からも直接聞いたわけではないのに、強く心に感応して受けとめていたのだ。

らいてう女史からのテレパシイを常に受けとめながら、私は日がたつにつれ、返し難くなる借金のように心の負い目を増しつづけていた。その負い目は女史の訃に接した時、最高潮に達し、私はこうなった上は、冥界からも、女史の憤りを受けつづけよう、その方がなまじっかなおわびよりはいさぎよいのではないかと腹を決めてしまった。私は女史の告別式の日、終日謹慎していたが、会場には参列しなかった。

その頃から、女史の自伝の刊行の噂は耳にしていたので、私はそれの読める日をおそらく誰より待望していた。私がお目にかかって女史から受けるだろうイメージや、示唆への想像と、女史の自伝から受けるそれとの差が、私への女史からのどんな叱責よりも手痛い刑罰になるだろうという、ひりひりするような期待があった。私は自分が物を書く上で、女史に、逢わなかったという悔いを、どう受けとめるかに、私の伝記に対する覚悟も、自分の作品への自分の評価も決まるように考えていた。

私は怖れと期待のないまじった緊張のうちに、らいてう自伝の上巻を一気に読み終えた。

まるで膝をつきあわせて生前の女史の肉声を聞くような親しみやすい文章だった。私は正直いって、読み終って、ほっとし、同時にある落胆を味わった。私が秘かに期待しながら、同時に怖れていたのは、女史の人柄や、思想や、感性の中に、私の想像力を全く裏ぎったものが存在することだったのだ。その時、私は生前の女史に礼を失しつづけた悔いなどではすまされない作家としての後悔に自失するのではないかと想像していた。

女史の自伝は、私の調べてつくりあげた女史のイメージと、作家としての想像力で肉づけしていた女史のイメージを裏づけてはくれたが、裏ぎってはいなかった。私は、深い安堵と同質の落胆を味わいながら、はじめて生前の女史に逢わなかった自分の気弱さと怠惰を臍をかむ想いで激しく後悔した。その直後、偶然のことから石井漠未亡人八重子女史にお目にかかったところ、女史の童女のような声と口調で私を包みこむようにおっしゃった。

「あのね、平塚さんがね、あなたが一度も訪ねて来ないし、電話一本くれないのを、あんまりだ、くやしいって、いって死んだわよ。もしあなたに逢うことがあったら必ずそれを伝えてくれって、いわれてたの」

私はこの時、はじめて、らいてう女史から私が恕《ゆる》されたことを感じ、女史へのなつかしさに涙があふれそうになった。

なぜ私が「青鞜」の時代を書きながら、その生き証人の平塚らいてう女史に逢わないですましたかという理由は、ほかでもない。私は女史の書いたものや、女史の知友の話から察して、女史に逢い、その話を聞けば、個性の強烈な女史の決定的な人物評や、歴史観に左右されて、私の観方が貫けないだろうと予感したからであった。そして、今、女史の自伝を読みはじめて、私の予感が当たっていたことを認めないわけにはいかない。私は結局、女史に逢わなかったからこそ、田村俊子も、伊藤野枝も、存分に書けたのだと思っている。

しかし、私は活字を頭から信用しているわけではない。伝記を書いてきて、つくづくわかったことは自筆年譜ほど記憶ちがいや誤りが多いものはないということである。日本の過去の女流作家は、一つ、二つの年のさばをよむ癖があったが、五つほども年をいつわる度胸が誰にもなかった。しかし年齢などではなく、過去の出来事の前後をさかさに思いこんでいたり、事件のあった年の記憶ちがいというのは実に多い。それから、自分自身や身内に関した記事にはずいぶん事実に反するものが多い。

まず活字を疑ってかかることが伝記の取材の第一条件であった。かといって、聞き書きもまことにたよりにならない。たとえば、一人の人物について、その容貌を形づくる場合、写真があればともかくだけれど、その写真だって、逢った感じをそのまま伝えていることはむしろ珍しい。たとえば、今、私の書いている「余白の春」の中の金子文子などは、現存している数葉の写真の一枚一枚が、全く別人といっていいほどそれぞれ似通っていない上、逢ったことのある人に訊いてまわっても、美人であったという人と、不美人だったという人が極端にわかれているし、魅力的で女らしかったという人がいれば、一方には、一つ部屋に寝ても、およそ女を感じなかった証言者もあらわれるという次第である。

結局、伝記を書く場合は、相手が作家の場合作品にたよるのが一番本質がつかめるような気がする。

そして革命家ならば、その行動を追うことが本質を捕えるのではないかと思う。作品は、事実を事実として書く手記や日記とちがって、そこに創作しようという作意が働いているから、かえって、作家の本質が、掛け値なしにあらわれるようである。

最初、田村俊子を書きはじめた時、私は俊子と鈴木悦の間にかわされた恋文の束を、俊子に最も信頼されていた山原鶴女史から見せていただき、私のそれまでいだいていた田村俊子の映像が根底からくつがえるのを感じた。

作品を通じて私が描いた田村俊子は、気性のはげしいタイラントで、派手で享楽的で、見栄坊で、激情家であり、むら気なロマンティストでもあった。

しかし、鈴木悦との恋文の中にいる田村俊子は、およそ処女のごとく純情で、内気で、内向的で、厭世的で、超俗の気風さえあった。女として可憐で、いじらしく、嫋々《じょうじょう》としている。

私は、作品と手紙や日記のちがいにとまどいながら、その全く別人のふたりの田村俊子のイメージを、私の中でどうつなぎあわせるかに苦心した。二年ばかりの歳月にわたって、田村俊子の残したあらゆる文献や、知人の証言を通して田村俊子の実像を追いもとめているうち、次第に私にも、田村俊子のイメージが固まってきた。出来上がったものは、俊子の作品の中にあらわれている俊子らしい女性の面が最も強く打ち出されているのだった。

田村俊子は作品をさほど多くは残していない。作家としての活動年月は実に短い。それでいて彼女の生涯は、今でも新鮮な感動を若い女性に与えるし、若い青年にも魅力的な女としてとらえられている。私の書いた「田村俊子」がそういう印象で後世に残るとしたら、私は本望といっていいのかもしれないが、実際のところ、なぜか空恐ろしい。

私の書いた田村俊子は、あくまで瀬戸内晴美のつくった田村俊子であって、実在した田村俊子とは、およそ似て非なる人物であるかもしれないのである。否、おそらく、あ

の世の田村俊子は、舌をだしていて、

「それで私のすべてを書けたと思っているの、甘ちゃんね」

と笑っているかもしれないのである。

伝記を書いていると、不思議な感応が生じ、屢々《しばしば》、伝記の人物の霊界からの声を聞くような思いがすることがある。それはたいてい書き迷いあぐねている時にはおこらず、書きながら、自分の手が自分のものとも思えない早さで進んでいる時に、不意に訪れる。疳高い、歓声とも嘲笑ともとれるそのけたたましい笑い声は、いつでも私の後方の左頭上から降りそそいでくる。最初は実に不気味だったその声は、今ではむしろなつかしく待ち遠しいものになっている。いうまでもなく、最初にその声を私に聞かせた人は田村俊子であった。

今では田村俊子は学生の卒業論文にもよく取りあげられていて、彼女の小説もずいぶん読まれているし、文学全集にも忘れずいれられるようになっているが、私が俊子を書きだした昭和三十四、五年ごろは、田村俊子はほとんど忘れ去られていた小説家であった。彼女の残した作品の量も大したことがなく、すみからすみまで読んだところで、二、三日もかからないから、学生の論文に取りあげられやすい点もあるのだろう。私が彼女を書く時も、その点は、楽だったとはいえるが、およそ田村俊子についての研究資料というものが皆無だったのには困らされた。

しかし、また他人の研究書がないという点はこれまた、書く側にとっては楽でもある。

全くの荒れ地に鍬を入れる苦労と、喜びを私は同時に味わった。まだ俊子と交友のあった人々が多く健在なので、下手な研究書よりもはるかに確実な人物評を聞くことも出来たが、そのためには全く足を使って歩くしか方法がなかった。聞き書きのむずかしさを私ははじめてこの時味わった。一人の人物について、聞けば聞くほど、さまざまな見方が出てくるし、一つのエピソードに対する記憶も十人よれば十人が幾分ずつちがっているし、その解釈や受けとり方にいたっては、十人十色で、全く別人のことを聞くような思いを屢々味わった。

しかし、ある程度の道がついてくると、不思議なもので、一つのつてからまた一つへと、いくらでも糸がたぐりよせられるように新しい事実が発見されてくるのである。不思議というより、それはむしろ不気味な感じがしてきて、そのころから私は、私の仕事を俊子の霊が監視しているような圧迫感を味わいはじめていた。もうそうなれば物の怪に憑かれたと同じで、完成しないかぎり、憑き物は落ちてくれないという実感である。

俊子の取材の時、最も感動して忘れられないのは、山原鶴女史から俊子の恋文や小説のノートをふろしき一包みお借りしてきた時であった。昭和三十五年元旦のことで、私はその夜一睡もしないでそれを読み通した。はじめて俊子の肌のあたたかさを感じ、髪の匂いまでかいだような気がした。俊子が確かに生きていたという肉感的な感応があった。

それ以後、かの子、野枝、須賀子、文子の場合も、必ず、書いている途中で、ふいに、彼女たちの肉体を感じることがある。それはあの不気味な笑い声と共に、私にはなつかしくも怖しい一瞬であって、それが訪れてはじめて、私は書いている人物から許されたと思う。作品に自信がつくのもその時である。

岡本かの子の時は、岡本太郎氏が全面的に協力をして下さったおかげで、思いもかけないほど取材が順調にいった。これまで伝記物を書いてきた中で、岡本太郎氏ほど物わかりのいい遺族はいなかった。

「何をどう書いたっていいんだ。かの子なんか、たまたま、おれの母親だというだけで、全く関係ないんだからな。きみの好きなように書けばいい」

はじめてお逢いした時にそういって下さり、その後は全くそのことば通り一切、私の書くことに対して、注文をつけたり、それはこまるというようなことはおっしゃらないばかりか、あらゆる資料を惜しげなく投げ出して下さった。しかもことばとは反対に、私は太郎氏ほど母親を深く愛しつづけている人を見たこともない。ただ世間並みの母子の愛とちがう点は太郎氏のかの子観には、母親を一人の芸術家、一人の女性、一人の人間として、客観視する冷静な認識があることであった。この時もかの子の生家大貫家の土蔵から発見されたかの子の妹あての手紙の束などを読み解いていく時、私は肩にかの子のまるい厚い、そして妙にねばっこい掌の感触をありありと感じ、一瞬鳥肌だったことを覚えている。

岡本かの子もまた、かの子と交渉を持った人たちが多く現存しているので、かの子の肉づけにはことかかなかった。何よりも書くのに都合がよかったことは、一平全集があることであり、一平の書いた「かの子の記」が遺されたことであった。青山や、白金や今里町時代の岡本家の家庭生活のいきいきしたリアリティは、人の話や、書いた文章以上に、一平の漫画から感じとることが出来た。

かの子が神経を病み、毎晩、一平がかの子に殺されるのではないかと怖れていた所謂二人の魔の時代の、かの子の懊悩惑乱ぶりなどは、どんな人の話や、文章よりも、一平の漫画の方が一目瞭然で真髄を突いていると思われた。そこにはかの子以外の何者でもない女が、心から火をふいて悶え苦しんでいた。一平の心眼に映ったかの子のその時代の形相は、どんなに多くの文字を費やすよりも、一平の非凡の筆で漫画にした方がリアリティがあった。

かの子の恋人の一人であった新田亀三氏が、まだご健在で飛騨に住んでおられ、私は誰の紹介状も持たず、いきなりたずねていった。思ったより山奥で、どうなることかと思ったが、幸い、お目にかかることが出来、新田氏ならでは聞けない在りし日のかの子の雰囲気や言行をさまざま聞くことが出来た時は、身震いするような気がした。

新田氏はかの子の恋文をまだすべて保存していられる筈であったが、それだけは見せていただくことが出来なかった。

かの子を語る新田氏の口調の中には、神聖なものを扱うような怖れが残っていた。

かの子を書いた後で、林芙美子の恋人が、芙美子の恋文を売りに出し、それが京都の古本屋に出たなどという話を聞いた時、芙美子に比べてかの子はいい恋人を持ったと思ったものだ。しかし、一伝記作者の立場からいうと、たとい売りに出されても、それは貴重な資料になるので、不実な恋人が恋文を手放してくれる方がありがたい。

私は一度、新田氏にお願いして、氏のご存命中に、新田氏の手からかの子の恋文を拝借してそれを全部写しておきたいものと思っている。

太郎氏は、岡本家にあったかの子の資料は、洋服から靴まで一切合財近代文学館に寄付してしまい、

「かの子のものなどみんななくなってせいせいしたよ」

などうそぶいていられるが、内心は、かの子研究者が後世も跡を絶たないことを見越されての、最もいい処置をしてくれたのではないかと私は感謝している。

「遠い声」の管野須賀子になっては、誰よりも関係の深い荒畑寒村氏にお目にかかれて、寒村氏からじきじきに須賀子の思い出を伺うことが出来たのは、何といっても望外の幸せであった。

ついでに須賀子の名前についてよく訊かれるのでこの際書いておきたいが、私は「遠い声」の中では須賀子という字を使っているし、今でも管野須賀子について書く時は、この漢字を使っている。それは、彼女の獄中記「死出の道艸」の署名に彼女が須賀子と記しているのに従ったのである。これは彼女の好んで使ったペンネームであり、死の前には私信などもほとんどこの字を用いていることが多い。おそらく、当時、文学少女だ

った彼女は、本名のすがよりも、何となくロマンティックで知的な匂いのする漢字をあてたかったのだろうと思う。しかし偶然のことながら、幸徳秋水の妻の師岡千代子の実姉が、須賀子というのだから不思議である。千代子とは恋敵の関係なのだから、このことにこだわりそうなものなのに、秋水も平気でこの字を使わせているのはどういう神経であったのだろうか。

「遠い声」を書いた時くらい、たくさんの資料を読んだことはない。私がそもそも、管野須賀子に興味を持った最初の出逢いは、大逆事件の死刑因たちの獄中手記を読んだ時にはじまる。私はその中でただひとりの女の死刑因であった須賀子の「死出の道艸」を読み、ほとんど衝撃といっていいほどの感動を受けた。それは文章が特にすぐれているわけではなかった。しかし、

「死刑の宣告を受けし今日より絞首台に上るまでの己れも飾らず偽らず自ら欺かず極めて率直に記し置かんとするものこれ

明治四十四年一月十八日

須賀子

（於東京監獄女監）」

という前書きではじまったこの手記は、その最初のページから異様な熱気をはらんでいた。

この日、東京地方裁判所の大審院の大法廷で開かれた大逆事件の判決は、世間の注目

を集め、傍聴券の交付を受けようとして、徹夜で、裁判所の門前に立ちつくした者が十数名もあり、午前一時半から、定刻の午前七時前には二百三、四十名の人が二列になって、寒さをこらえるため、地団太をふんでいたという。傍聴券は二十銭のプレミアが一円にまで上りつめた。

門内では警官百九十名、憲兵五十六名が各要所に配置され、警戒はこの上ない厳重さであった。

須賀子のこの日の日記は、

「死刑は元より覚悟の私、只廿五人の相被告中幾人を助け得られ様かと、夫のみ日夜案じ暮した体を、檻車に運ばれたのは正午前、薄日さす都の道筋に、帯剣の人の厳かに警戒せる様が、檻車の窓越しに見えるのも、何とのう此裁判の結果を語って居る様に案じられるので、私は午後一時の開廷を一刻千秋の思いで待った」

という書きだしではじまっている。

この日、鶴丈一郎裁判長は、主文を後まわしにして、幾度かコップの水で咽喉をうるおしながら、長い判決文を読み下した。

「読む程に聞く程に、無罪と信じていた者まで、強いて七十三条（注、刑法第七十三条。天皇・太皇太后・皇太后・皇后・皇太子・又は皇太孫ニ対シ危害ヲ加ヘ又ハ加ヘントシタル者ハ死刑ニ処ス）に結びつけようとする、無法極まるこじつけが、益〻甚だしくなって来るので、私の不安は海鳴の様に刻々に胸の内に広がってゆくのであったが、それでも刑の適用に進むまでには、もしやに惹かされて一人でも、なるべく軽くすみますようにと、そればかり祈っていたが、噫《ああ》、終に……万事休す矣。新田の十一年、新村善兵衛の八年を除く他の廿四人は凡て悉く之れ死刑……」

こういう調子で書かれた裁判の情況は、これがこの日、死刑の宣告を受けたまだ三十歳にならない若い女性の手になったものとは信じられない正確さである。

他の被告もすべて手記の中でこの判決にふれてはいるが、これほど的確な当日の情景描写をしたものはひとつもなかった。

紫の紋つき羽織に、銀杏がえしに似た総髪に結っていた須賀子は、肺病特有の白い頰に赤みをたたえ、一きわ傍聴人の目を集めていたと伝えられている。判決後、彼女は誰よりも先に編笠をかぶせられ、退廷をうながされるが、立ち上がるなり、自分で編笠を持ち上げ、鋭い細い声で、

「皆さん、さようなら」と絶叫している。被告たちは口々に、それに「さようなら」と大声で応じている。

「無法な裁判！

それは今更驚く迄もない事である。従来幾度の経験から言っても、これ位の結果はむしろ当然の事である。かかる無法な裁判や暴戻《ぼうれい》な権威というものがあればこそ、ひっきょう私たちが今回のような陰謀を企てる様になったのではないか」

私はこうした須賀子の血汐で書いたような激しい文章に圧倒されて一気に読み終って

いた。

これらの獄中手記の編者である神崎清氏の「編集の言葉」によれば、「被告たちは、刑死後その手記を家族や同志に宅下げするように希望していたが、内山愚童の『平凡の自覚』を例外として、みな獄吏の手で没収されてしまった。（略）闇から闇へほうむられたはずのそれらの獄中手記を私がたずねあてたときは、人民社の金庫のなかでぶじに保護されていたのである」

とある。

この判決は翌十九日、天皇の恩命として十二名が減刑され、無期懲役となった。それを聞いた須賀子の感想がまた実に激烈であった。

管野須賀子が、十九日にあった恩赦の事実を知ったのは、一月二十三日になっていた。

「此頃は毎朝目が覚める度に、オヤ私はまだ生きていたのかという様な感じがする。そして自分の生きているという事が何だか夢の様に思われる」

ここまで書いた時、独房に田中教務所長が訪れて、恩赦のことをはじめて須賀子に話した。須賀子は彼の去った後またすぐ筆をとって「死出の道艸」に書きつけた。

「田中教務所長から相被告の死刑囚が半数以上助けられたという話を聞く、多分一等を減じられて無期にされたのであろう。あの無法な判決だもの、其位の事は当然だと思うが、何にしてもまあ嬉しいことである」

と相被告の減刑を喜ぶものの、既に自分は死を決している須賀子は、権力のからくりに決してだまされてはいない。すぐつづけてこう書いている。

「（略）一旦ひどい宣告を下して置いて、特に陛下の思召によってと言うような勿体ぶった減刑をする——国民に対し外国に対し、恩威並び見せるという抜目のないやり方は、感心と言おうか狡獪と言おうか、然しまあ何はともあれ、同志の生命が助かったのは有難い。慾にはどうか私達三四人を除いた総てを助けて貰いたいものである。其代りになる事なら、私はもう逆磔刑の火あぶりにされようと背を割いて鉛の熱湯を注ぎこまれようと、どんな酷い刑でも喜んで受ける」

私は戦時中に学校教育を受けたので、大逆事件なるものには全く無知であった。正直の話、管野須賀子の名前など、「死出の道艸」を読んではじめて知ったのである。それを見つけたのは、丸の内にある中央公論の図書室で、「青鞜」を見せてもらうために本を捜していて偶然、何かの拍子に「死出の道艸」が出てきたのであった。私はこういう死者との出逢いを理性では考えることのできない神秘的なものとして深い縁を感じる性質なのである。

この時は、感動はしたものの、すぐ須賀子を書くことなどは思いつきもしなかった。そういう人がいたのかと心の襞の中に縫いこんでおいただけである。

その後「美は乱調にあり」で伊藤野枝、大杉栄の世界を書いた時、大杉栄が、大逆事件の後、

「春三月縊り残され花に舞う」

という一句を、平民社時代の幸徳秋水たちとのよせ書きの余白に書き加えたことを識り、再び管野須賀子のことが私の脳裡に浮び上がってきた。大杉を書くため、私は堺枯川や荒畑寒村を識り、寒村自伝や、平民新聞を読むことによって、当時の彼らの青春の息吹にふれることが出来た。

平民新聞は今読んでも新しく、面白く、私は資料として読んでいることは忘れ、夢中になってページを逐《お》っていた。大杉栄と荒畑寒村からさかのぼって、堺枯川と幸徳秋水にたどりつき、私はこの二つの世代のかけ橋のような立場にある管野須賀子の運命に惹きつけられた。

野枝が子供もある夫の辻潤のもとから大杉栄に走ったように、須賀子もまた年下の夫の寒村から、その先輩の幸徳秋水に走っている。二人とも、自分で選び直した男の運命と共に国家権力による無残な死をとげている。

管野須賀子とはどういうおいたちの女なのだろうか。

少しずつ管野須賀子の短い生の軌跡をたどるにつれ、その悲惨なおいたちが明らかになってきた。

須賀子については、神崎清氏や絲屋寿雄氏の研究書を拝見して大いに教えられうるところがあったが、大逆事件の弁護士としても被告たちから最も信頼と感謝をよせられ、雑誌「スバル」の創刊者でもあった平山修全集によって多大の教えを受けた。

それらよりも更に直接、須賀子の肉声を聞いたように思ったのは、須賀子が若いころ、宇多川文海の女弟子として小説の勉強をしながら、文海の世話で、大阪朝報の婦人記者になったころの、新聞の記事や、寒村と共に和歌山県の田辺へ招かれ、牟婁新報を手伝っていたころの記事であった。

この牟婁新報には、まだ十八歳の寒村の若々しい文章や詩がたくさんのっているし、須賀子と寒村の恋以前の親密の度が日ごとに進んでいく様が手にとるようにわかるのであった。

私は、荒畑寒村氏にお目にかかる時、なかばの怖れと、なかばの期待で、不安にとりつかれていた。

荒畑寒村氏は、初対面の私に、温顔で接して下さり、私には長く別れていた血縁の人に逢ったようななつかしさが感じられた。

想像していたよりもお元気で、私の取材の目的も最初からよく理解して下さっており、

「この際、あなたには、何でもみんな話しておいてあげます。遠慮なく、どしどし聞いて下さい」

とおっしゃっていただいた。私はお言葉に甘えて、寒村自伝にも書かれていない須賀子について、ずいぶん失礼な質問もしたが、どの場合も、寒村氏は私の期待を上まわる答えをかえして下さった。

ふたりの恋のはじめのいきさつや、田辺から京都、奈良と、移っていくデートの詳細などは、寒村氏からでなくては聞かれないものだった。また寒村自伝にあらわれている

氏の須賀子評は、やや、冷たい感じがするけれども、現実の寒村氏が須賀子について語る表情や、言葉には、まだおとろえぬ若き日の恋へのなつかしさとあたたかさがあふれ、私は須賀子は、これだけの人にかくまで想われているとは、何という女冥利につきる女であろうかと感動した。寒村氏は、秋水の須賀子に対する心が冷たいといって、老いの目に涙さえ浮べ、須賀子のために同情をよせられていた。

獄中で須賀子は、検事から、秋水が別れた妻千代子に出した綿々とした手紙を見せられ、秋水に裏切られたと思い、絶望する。そこで須賀子は獄中から獄中の秋水に絶縁状をたたきつけている。しかし、秋水はそのことについて、堺枯川への手紙の中で「あれもおもしろい女だ」と表現している。寒村氏はその一文に対して今でも秋水をなじり、「あれではあんまり須賀子の純情がかわいそうです。あれじゃ浮ばれない」と腹をたてていられるのであった。寒村氏が秋水よりも枯川を、人間として、師として終始、はるかに高く評価し、尊敬していられるのも、当然と思われた。

「遠い声」は「思想の科学」に書かせてもらい、係りの吉田貞子さんという若い編集者に励まされて書いた。私の娘くらいの世代のこういう若い人に、自分の書いた物がどう読まれるかという反応を直接感じられて参考になったし、喜びでもあった。そして、この本が一冊になった時、学生運動で入獄中の人たちが、男女を問わず愛読してくれたという結果を聞かされて、やはりうれしかった。自分の死後五十年に、自分の死が見直されるだろうと予言した須賀子の意志が今、生きかえったのだと思われた。しかし私にとって、何より有難くうれしかったのは、寒村氏から、薄倖な彼女のために何よりの墓碑銘を刻んでくれてありがとうというお手紙と共に、一冊の本を贈っていただいたことであった。

その本は赤旗事件で寒村氏が千葉監獄に入監中、須賀子が差し入れたものでドストエフスキーの「罪と罰」の英語版である。表紙もとれていて、最初のページには筆で K. Arahata, in the prison on Chiba, in 1909. とあり、その裏はソーニャの前にひれ伏しているラスコーリニコフのさし絵がはいっていて、次ページの扉には、昔はブルーだったらしいが、今は黒色に変じているインクの細いペンの跡が With compliments of Suga Kanno To Mr. K. Arahata とある。四百五十六ページの厚い本の紙は粗末でもう六十年余りの歳月に朽ち葉色に変色している。しかしこの本は、六十年の歳月、震災からも戦災からも、寒村氏が守り通して、今まで大切に保管されてきた本であった。

「私が持っているよりあなたにあずけた方が、今はこの本の贈り主も喜ぶかと思います」

というお言葉と共に私にいただいたものであった。

私はこの本を爾来《じらい》私のすぐ手の届く本棚に置いて、折りにふれ、とりだしてながめたり、なでたりしている。その時、須賀子のいつでも熱っぽかったであろう手を感じ、若い寒村氏の指がこの本をめくる音を聞くような思いがする。

須賀子が差入れたものは、おそらく、この本だけではなかったであろう。こんな差し入れをしながら、一方で、須賀子は、日一日と秋水への恋を深めていた時でもあった。この一冊の書物を私は私の持ち物の中で唯一の宝と思っている。地震の時はまず、これだけ持って逃げだすし、私の死後は、近代文学館に収めようと考えている。

「遠い声」を書いている時、私は同じく大逆罪で死刑になった古河力作の獄中記にも強い感動を受けた。古河力作は、死にのぞんで、腹がへっては元気に死ねませんからといって、祭壇の羊かんを二本ぺろりとたべたという豪胆者である。

古河力作は、公判廷で古来、花を愛する人間から犯罪人を出したことはないといっているが、死刑の宣告を受けた後も、自分の勤め先の園芸店の主人に「定価表について」という書きおきをのこし、花の改良案や、定価のつけ方についての意見をのべている。冷たい牢獄の中で彼の夢には咲き乱れる花々の幻があったらしい。また「僕」「余と本陰謀との関係」及び家族への「遺言」をのこしているが、どれにも、古河力作という二十八歳の死刑囚の明るく、率直な、そしてどこか楽天的でユーモラスな人情味に富んだユニークな性格が物語られていて涙を誘われる。人並より小さかったため、常に大言壮語して、ばかにされまいとした結果、心ならずもこんな大事に巻きこまれてしまったと告白しているが、それだけに、同志に対してこれほどの不信をいだきながら、死刑にされなければならなかったこの青年の運命が痛ましくてならないのである。

事件の計画に対する冷静な批判はそのまま裁判の不法さに対する冷徹な批判にもつながっていく。私は死刑囚の中で最も文学的な人間味を持つ古河力作をもう一度生きかえらせたく「いってまいりますさようなら」という小説に仕立てた。これは多くの読者から、「遠い声」より面白いという批評を受けたが、遺族の古河三樹松氏（力作の実弟）からは大層お怒りをこうむった。私の書いた家族関係が杜撰で事実に反していることや、私が作中でつかったユダということばが、三樹松氏は承認出来ないということであった。事実に関する誤りは私の重々悪い点でこれは申しわけなかったが、作中のユダの用法は、ユダという語に関する、私たちの見解の相違でこれは私は改めようとは思っていない。私の作品を読み古河力作を卑怯者と感じた人は一人もいないと信じるからである。古河力作という一人の青年が裁判で裁かれたようなテロリストではなかったかわりに、人類の未来を信じたより深い意味の革命思想の持ち主だったことと、実にみずみずしい人間的感情にあふれた魅力ある人物だったことは少なくとも私が伝え得ていると自負するからである。

古河三樹松氏は、亡兄の遺志を継ぎ、今も御壮健で、社会主義的な文献や資料をたくさん集めていられ、亡兄をはじめこの道にたおれた人々の研究家として、学識豊かな方である。「いってまいりますさようなら」の私の誤りをこの機会に三樹松氏をはじめ古河家の遺族につつしんでおわびをすると共に、私の作品の主旨については毫《ごう》も訂正するつもりもなく恥じてもいないことをここに書いておく。

「遠い声」を書いている時「思想の科学」の鶴見俊輔氏からやはり大逆罪で朴烈と共に死刑の宣告を受けた「金子文子」を書くようにすすめられた。しかし、私は金子文子の獄中記「何が私をこうさせたか」を読んで、とても私の手におえないと思い辞退した。その後、婦人公論の若い編集者の関陽子さんが、熱心に資料を集めてくれ、文字通り山のような資料を運びこんできて、これでも金子文子を書かないかという。私は彼女の熱心さに圧倒されて、あまりに強烈すぎて逃げ腰になっていたこの反逆者の生涯を読み直した。その時には既に私は金子文子の亡霊にとり憑かれていたのである。関さんの集めてくれた資料の中には、実におびただしく秋山清氏の所蔵によるものがあった。秋山氏はその後も、あらゆる機会に私の仕事に役立つ方を紹介して下さったり、資料のありかを教えて下さったりする。

「私の好きな女ばかりをあなたが書くからねえ」

秋山氏は私を扶《たす》けて下さる理由としてはそうとしかおっしゃらない。文子を書いている「余白の春」が、まだ婦人公論連載中なのだけれど、「遠い声」以上に、若い人々に読まれているという反響を聞かされる。私はこれまで、資料集めはたいていひとりでこつこつして、人の面倒にはなっていない。今度はじめて、若い人の助力を得て、その有難さと能率のよさを改めて感じた。

この原稿を書きはじめて思いがけないことが二度おこった。

一つは私の第一回、九月七日付けの原稿を読まれた方からのお電話で、らいてう女史と、石井八重子女史が私について語られた席にいられた方としての証言だと述べられ、「らいてうさんは決して、あなたを責めてはいらっしゃいませんでした。くやしいなどということばは決して使われる方ではなかった。あの時も、いらっしゃればもっと、いろいろお話ししてさしあげて、書きやすいようにしてあげられるのにという表現でしたよ。らいてうさんのために、このことは訂正して上げて下さい」というお話であった。石井さんのニュアンスも、お電話のニュアンスも共にらいてう女史を想われるあまりのことと、私は有難くお受けした。

それからまた、この原稿を書いている間に、飛驒の新田亀三氏の訃に接した。つつしんで氏の御冥福を祈り、この稿をとじたい。

（「読売新聞」昭和四十六年九月）

解説

瀬尾まなほ

瀬戸内寂聴、享年九十九。最後の最後まで、自分に忠実に生きた。その晩年十一年間を私はそばで見ていた。

私が知る寂聴先生はほんの一部にしかすぎず、今こうして亡くなってから、先生の残した四百を超える作品を通し、先生の生き方をありありと知ることになる。

大学を卒業し、すぐに先生のもとで働かせてもらうことになった私は当時、瀬戸内寂聴が作家だということも知らず、尼さんとしか認識していなかった。教養などほとんどない私は、今自分が「女」であることの不便さや、不満も特に感じず、結婚や仕事に関しても保守的な考えしかもっていなかった。就職活動中は、適当な会社に就職し、そこで社内結婚でもして子供をもうけ、特に好きでもない仕事を一生していくか、もしくは働かず、専業主婦になれたらラッキーくらいの感覚でいたものだから、先生のところへ来るなり驚き、自分の呑気さに呆れかえることとなった。

そのきっかけは、伊藤野枝のことを書いた『美は乱調にあり』を読んだことだった。

読んだときの感覚を今でも鮮明に覚えている。血生臭い野枝の息遣いと落ち着かない様子、いつでも走り出しそうなほどの情熱。私は彼女に強い魅力を感じ、同時に嫉妬を覚えた。その理由は自分は野枝のように、決してなれないのだという敗北感であった。自分の本能のまま何も恐れず、生きる姿はただただまぶしい。

今から百年前、女性にとって肩身の狭い当時の社会をよしとせず、現状を変えたいという強い思いから平塚らいてうが作った「青鞜」という女流文芸雑誌があった。らいてうに誘われ、野枝も「青鞜」に参加し、後に主宰を務めた。らいてうの「元始、女性は太陽であった」という詩には心打たれた。

令和の今でも男女平等とはいえ、未だ男尊女卑の風習は残っているし、どこかでそれをよしとする女性も多い。給料も男性と変わらずもらえる時代であるにもかかわらず、「主婦」を希望する女性も多いと聞く。

「新しい女は『昨日』を呪つてゐる。新しい女は最早虐げられたる旧い女の道を黙々として、はた唯々として歩むに堪へない。新しい女は男の利己心の為めに無知にされ、奴隷にされ、肉塊にされた旧い女の生活に満足しない。新しい女は男の便宜のために造られた旧き道徳、法律を破壊しようと願つてゐる」

このままでいいのか、おかしいと思えば声をあげろと女性たちに訴えるらいてうや野枝。結婚という制度に疑問をもち、夫の親を自分の親として義務犠牲を強いられることは嫌だし、不自然で不満だと堂々と宣言している。

「青鞜」を刊行するやいなや、同じように押さえつけられてきた何かが爆発するかの如く、全国から女性たちの便りがどんどん届く。今では当たり前ともなっているお互いの両親との別居や、最近では制度の導入が議論されている夫婦別姓などについても、百年前にらいてうは既に公言していた。その先駆者ぶりと、それがやっと当たり前になりつつあるという時代の変化の遅れに驚く。らいてうや野枝ら、女性解放運動に尽力した者たちの主張には、男性の支配下に置かれた女性の復権への熱烈な願望と、男性への攻撃、またそういう位置に陥れた社会の構造への怒りと挑戦だけでなく、男性の付属品としての立場に甘んじ、大して不平も不満も感じていない同性たちへの無知に対する苛立ちと怒りまでもがこめられていると、本書には記されている。決して矛先は男性だけではなく、それをよしとしている同性に対しても警鐘を鳴らしていた。女性たちの意識が変わらないと未来は変えられない。

あるとき先生に一度言われたことがある。

「今の若い子たちは貞操観念がない」

そう言われて思わず、「『貞操』って何ですか？」と聞き返すと、「『貞操』知らない？誰とでも寝ないことよ」と先生が驚いていたのを覚えている。その言葉さえ、今や死語になっている。処女であることが重要視される社会を生きてきた先生は、自由奔放な若い私たちを見て「時代は変わった、いいことよ。もう昔のように戻る必要はない」と言った。その顔は清々《すがすが》しかった。

百年も前にこんなに新しく情熱的に生きていた女性を知ったことは、あらためて女性の生き方を考えるきっかけになった。情熱的に生きた人に共通するのは、情熱的な恋愛をしているということだ。野枝の文章でとても好きなものがある。

「人間の本当の幸福は、決して他人から与えられるものではありません。自己を生かすことによって得られる幸福が本当のものだと私は思います」

「安逸なその日を無事に送れる幸福を願うのが、本当の幸福だと信ずることが出来ないのです。平凡な幸福に浸り、それに執着するのは恥しいことです」

一人の人を生涯愛し、子供、孫に恵まれ、死ぬことが女の幸福の典型的な形のように刷り込まれている時代は、今もなお続いているようにみえる。けれど、先生が書く女性たちはその因習的な結婚の枠からは全員はみ出していた。自分の生命を昂揚させてくれ、自分の才能をのばすための肥料とならないような男とは一緒におらず、また一人の男から吸いつくすだけのものを吸い取った後は、いさぎよく別れているということは先生も同じだった。与えられたものだけで満足することはなく、自ら欲するものを探し、得ること。またよりよい自分になるための肥料となる男を選ぶこと。

何より、自分が傷つくことを恐れていなかった。自分の想いを貫くためには何も恐れず、ただひたむきに前へ向かっていったように思う。逆境さえも、こんちくしょう！と跳ね返しパワーに変える。自分の宿命に従って突き進むのみ。

先生に出会ってから、私の中にうえつけられていた理想的な結婚、家庭、というものが一気に崩れ去っていった。夫を支え、家族のためにつくす良い妻像。自分がどうしたいかより、家族のことを第一に考える母親像。それを不思議に思わず、当たり前に受け取っていた私。それももちろん良いことではあるけれど、肝心の「自分」は？　何より大切なことは、「自分」の在り方を考えること。「自分」の想いに忠実になることは、決して我儘《わがまま》でも自己中でもない。「自分」を生きるってシンプルにこういうこと。

先生はいつも私にこう言った。

「自分の好きなことをしなさい。『情熱』をもって生きること。誰にも遠慮する必要はないよ」

と。自由であるべきだ、身も心も、誰のものでもなく自分のものだと先生は教えてくれた。先生が自分の人生を生きることができたのは、荊《いばら》を恐れず自ら荊の道に突き進み、切り拓いたからだと思う。決して楽なものではないとわかっていても、敢えてその道を選んだのだ。

本書収録のエッセイはほとんどが出家前に書かれているのだが、「はじめに」の執筆は出家後であった。興味深いことに、出家前と後とでは、「愛」への考えが仏教を通してより深いものになっているように思う。先生の選んだ出家という道は、その後の自分の人生を生きるための最良の方法だったのだ。

田村俊子、岡本かの子、伊藤野枝、三浦環、管野須賀子、金子文子という、日本の近代史において自我を貫き、また貪欲に生きて死んでいった女性たちの伝記小説を書いた

を

先生は、こう言っている。

「正直いって、私は、彼女たちの生涯を書くことによって、はじめて彼女たちの思想を自分の中に根づけ、定着させたといえる」

その経験は先生の生き方に大きく影響を及ぼしたのだろうし、また先生も彼女たちに続く、烈しく生き、美しく死んだ女性の一人であると思う。自分自身が「生きている」と強く実感する、そんな情熱的な生き方をしたのだと思う。

半世紀以上も前に、今の日本を予言していたかのような寂聴先生のエッセイ。今の私たちが、こんなにも自由に恋愛も仕事もできるようになったのは、時代に左右されることなく、自分の生き方をまっとうした女性たちに続き、寂聴先生たちが道を拓いてくれたおかげだということを、深く心に刻みたい。

＊本書は一九九〇年二月に刊行した河出文庫『愛すること　出家する前のわたし』に、あらたに解説を加え、復刊しました。作品中、今日の人権意識に照らして不適切と思われる語句や表現がありますが、作品執筆時の時代背景や作品の文学性、また著者が故人であることを考慮し、原文のままとしました。

愛《あい》すること
出家《しゅっけ》する前《まえ》のわたし　初期自選《しょきじせん》エッセイ

一九九〇年 二月 二日　初版発行
二〇二二年 八月一〇日　新装版初版印刷
二〇二二年 八月二〇日　新装版初版発行

著　者　瀬戸内寂聴《せとうちじゃくちょう》
発行者　小野寺優
発行所　株式会社河出書房新社
〒一五一‐〇〇五一
東京都渋谷区千駄ヶ谷二‐三二‐二
電話〇三‐三四〇四‐八六一一（編集）
〇三‐三四〇四‐一二〇一（営業）
https://www.kawade.co.jp/

ロゴ・表紙デザイン　粟津潔
本文フォーマット　佐々木暁
印刷・製本　中央精版印刷株式会社

Printed in Japan　ISBN978-4-309-41907-7

異性

角田光代／穂村弘　41326-6

好きだから許せる？　好きだけど許せない⁉　男と女は互いにひかれあいながら、どうしてわかりあえないのか。カクちゃん&ほむほむが、男と女についてとことん考えた、恋愛考察エッセイ。

性愛論

橋爪大三郎　41565-9

ひとはなぜ、愛するのか。身体はなぜ、もうひとつの身体を求めるのか。猥褻論、性別論、性関係論からキリスト教圏の性愛倫理とその日本的展開まで。永遠の問いを原理的に考察。解説：上野千鶴子／大澤真幸

結婚帝国

上野千鶴子／信田さよ子　41081-4

結婚は、本当に女のわかれ道なのか……？　もはや既婚／非婚のキーワードだけでは括れない「結婚」と「女」の現実を、〈オンナの味方〉二大巨頭が徹底的に語りあう！　文庫版のための追加対談収録！

愛のかたち

小林紀晴　41719-6

なぜ、写真家は、自殺した妻の最期をカメラに収めたのか？——撮っていいのか。発表していいのか……各紙誌で絶賛！　人間の本質に迫る極上のノンフィクションが待望の文庫化！

人生という旅

小檜山博　41219-1

極寒極貧の北の原野に生れ育ち、苦悩と挫折にまみれた青春時代。見果てぬ夢に、くじけそうな心を支えてくれたのは、いつも人の優しさだった。この世に温もりがある限り、人生は光り輝く。感動のエッセイ！

たしなみについて

白洲正子　41505-5

白洲正子の初期傑作の文庫化。毅然として生きていく上で、現代の老若男女に有益な叡智がさりげなくちりばめられている。身につけておきたい五十七の心がまえ、人生の本質。正子流「生き方のヒント」。

人生の収穫

曾野綾子　41369-3

老いてこそ、人生は輝く。自分流に不器用に生き、失敗を楽しむ才覚を身につけ、老年だからこそ冒険し、どんなことでも面白がる。世間の常識にとらわれない独創的な老後の生き方！ベストセラー遂に文庫化。

人生の原則

曾野綾子　41436-2

人間は平等ではない。運命も公平ではない。だから人生はおもしろい。世間の常識にとらわれず、「自分は自分」として生き、独自の道を見極めてこそ日々は輝く。生き方の基本を記す38篇、待望の文庫化！

感傷的な午後の珈琲

小池真理子　41715-8

恋のときめき、出逢いと別れ、書くことの神秘。流れゆく時間に身をゆだね、愛おしい人を思い、生きていく──。過ぎ去った記憶の情景が永遠の時を刻む。芳醇な香り漂う極上のエッセイ！文庫版書下し収録。

みがけば光る

石井桃子　41595-6

変わりゆく日本のこと、言葉、友だち、恋愛観、暮らしのあれこれ……子どもの本の世界に生きた著者が、ひとりの生活者として、本当に豊かな生活とは何かを問いかけてくる。単行本を再編集、新規五篇収録。

人生はこよなく美しく

石井好子　41440-9

人生で出会った様々な人に訊く、料理のこと、お洒落のこと、生き方について。いくつになっても学び、それを自身に生かす。真に美しくあるためのエッセンス。

いつも夢をみていた

石井好子　41764-6

没後10年。華やかなステージや、あたたかな料理エッセイ──しかしその背後には、大変な苦労と悲しみがあった。秘めた恋、多忙な仕事、愛する人の死。現代の女性を勇気づける自叙伝。解説＝川上弘美

私の小さなたからもの

石井好子　41343-3

使い込んだ料理道具、女らしい喜びを与えてくれるコンパクト、旅先での忘れられぬ景色、今は亡き人から貰った言葉——私たちの「たからもの」は無数にある。名手による真に上質でエレガントなエッセイ。

巴里の空の下オムレツのにおいは流れる

石井好子　41093-7

下宿先のマダムが作ったバタたっぷりのオムレツ、レビュの仕事仲間と夜食に食べた熱々のグラティネ——一九五〇年代のパリ暮らしと思い出深い料理の数々を軽やかに歌うように綴った、料理エッセイの元祖。

東京の空の下オムレツのにおいは流れる

石井好子　41099-9

ベストセラーとなった『巴里の空の下オムレツのにおいは流れる』の姉妹篇。大切な家族や友人との食卓、旅などについて、ユーモラスに、洒落っ気たっぷりに描く。

いつも異国の空の下

石井好子　41132-3

パリを拠点にヨーロッパ各地、米国、革命前の狂騒のキューバまで——戦後の占領下に日本を飛び出し、契約書一枚で「世界を三周」、歌い歩いた八年間の移動と闘いの日々の記録。

女ひとりの巴里ぐらし

石井好子　41116-3

キャバレー文化華やかな一九五〇年代のパリ、モンマルトルで一年間主役をはった著者の自伝的エッセイ。楽屋での芸人たちの悲喜交々、下町風情の残る街での暮らしぶりを生き生きと綴る。三島由紀夫推薦。

巴里ひとりある記

高峰秀子　41376-1

1951年、27歳、高峰秀子は突然パリに旅立った。女優から解放され、パリでひとり暮らし、自己を見つめる、エッセイスト誕生を告げる第一作の初文庫化。

まいまいつぶろ

高峰秀子 41361-7

松竹蒲田に子役で入社、オカッパ頭で男役もこなした将来の名優は、何を思い役者人生を送ったか。生涯の傑作「浮雲」に到る、心の内を綴る半生記。

私の部屋のポプリ

熊井明子 41128-6

多くの女性に読みつがれてきた、伝説のエッセイ待望の文庫化！　夢見ることを忘れないで……と語りかける著者のまなざしは優しい。

その日の墨

篠田桃紅 41335-8

筆との出会い、墨との出会い。戦争中の疎開先での暮らしから、戦後の療養生活を経て、墨から始めて国際的抽象美術家に至る、代表作となった半生の記。

季節のうた

佐藤雅子 41291-7

「アカシアの花のおもてなし」「ぶどうのトルテ」「わが家の年こし」……家族への愛情に溢れた料理と心づくしの家事万端で、昭和の女性たちの憧れだった著者が四季折々を描いた食のエッセイ。

人生作法入門

山口瞳 41110-1

「人生の達人」による、大人になるための体験的人生読本。品性を大切にしっかり背筋を伸ばして生きていきたいあなたに。生き方の様々なヒントに満ちたエッセイ集。

感じることば

黒川伊保子 41462-1

なぜあの「ことば」が私を癒すのか。どうしてあの「ことば」に傷ついたのか。日本語の音の表情に隠された「意味」ではまとめきれない「情緒」のかたち。その秘密を、科学で切り分け感性でひらくエッセイ。

あられもない祈り

島本理生　41228-3

〈あなた〉と〈私〉……名前すら必要としない二人の、密室のような恋——幼い頃から自分を大事にできなかった主人公が、恋を通して知った生きるための欲望。西加奈子さん絶賛他話題騒然、至上の恋愛小説。

白い薔薇の淵まで

中山可穂　41844-5

雨の降る深夜の書店で、平凡なOLは新人女性作家と出会い、恋に落ちた。甘美で破滅的な恋と性愛の深淵を美しい文体で綴った究極の恋愛小説。第十四回山本周五郎賞受賞作。河出文庫版あとがきも特別収録。

あなたを奪うの。

窪美澄／千早茜／彩瀬まる／花房観音／宮木あや子　41515-4

絶対にあの人がほしい。何をしても、何が起きても——。今もっとも注目される女性作家・窪美澄、千早茜、彩瀬まる、花房観音、宮木あや子の五人が「略奪愛」をテーマに紡いだ、書き下ろし恋愛小説集。

ふる

西加奈子　41412-6

池井戸花しす、二八歳。職業はＡＶのモザイクがけ。誰にも嫌われない「癒し」の存在であることに、こっそり全力をそそぐ毎日。だがそんな彼女に訪れる変化とは。日常の奇跡を祝福する「いのち」の物語。

私を見て、ぎゅっと愛して　上

七井翔子　41792-9

婚約者がいるにもかかわらず、出会い系サイトでの出会いをやめられない女性が、さまざまな精神疾患を抱える日常を率直に綴った話題のブログを大幅に改訂し文庫化。

私を見て、ぎゅっと愛して　下

七井翔子　41793-6

婚約者がいるにもかかわらず、出会い系サイトでの出会いをやめられない女性が、さまざまな精神疾患を抱える日常を率直に綴った話題のブログを大幅に改訂し文庫化。

ナチュラル・ウーマン

松浦理英子　40847-7

「私、あなたを抱きしめた時、生まれて初めて自分が女だと感じたの」——二人の女性の至純の愛と実験的な性を描いた異色の傑作が、待望の新装版で甦る。

冥土めぐり

鹿島田真希　41338-9

裕福だった過去に執着する傲慢な母と弟。彼らから逃れ結婚した奈津子だが、夫が不治の病になってしまう。だがそれは、奇跡のような幸運だった。車椅子の夫とたどる失われた過去への旅を描く芥川賞受賞作。

八月六日上々天氣

長野まゆみ　41091-3

運命の日、広島は雲ひとつない快晴だった……暗い時代の中、女学校に通う珠紀。慌ただしく結婚するが、夫はすぐに出征してしまう。ささやかな幸福さえ惜しむように、時は昭和二十年を迎える。名作文庫化！

火口のふたり

白石一文　41375-4

私、賢ちゃんの身体をしょっちゅう思い出してたよ——挙式を控えながら、どうしても忘れられない従兄賢治と一夜を過ごした直子。出口のない男女の行きつく先は？　不確実な世界の極限の愛を描く恋愛小説。

おらおらでひとりいぐも

若竹千佐子　41754-7

50万部突破の感動作、2020年、最強の布陣で映画化決定！　田中裕子、蒼井優が桃子さん役を熱演、「南極料理人」「モリのいる場所」で最注目の沖田修一が脚本・監督。すべての人生への応援歌。

暗い旅

倉橋由美子　40923-8

恋人であり婚約者である“かれ”の突然の謎の失踪。“あなた”は失われた愛を求めて、過去への暗い旅に出る——壮大なる恋愛叙事詩として文学史に残る、倉橋由美子の初長篇。

著訳者名の後の数字はISBNコードです。頭に「978-4-309」を付け、お近くの書店にてご注文下さい。